PETITES NOUVELLES MALIGNES, SOMBRES, SURPRENANTES

Rafaele Di Conti

Mentions légales: Tous droits réservés. Aucune partie de cette publication ne peut être reproduite sous aucune forme ou par aucun moyen, incluant scanner, photocopie ou autre, sans autorisation écrite de l'auteure.

Copyright © 2022

Toute ressemblance avec des lieux ou des personnes existantes ne peut-être que fortuite.

DÉDICACE

J
L'homme est une prison dont l'esprit est libre. Victor Hugo.

TABLE DES MATIÈRES

Remerciements   i

1   Rien ne serait arrivé si   1

2   L'ambiguité   7

3   La flamme carburant de mon imaginaire   11

4   Mirage d'amour quand tu nous tiens   15

5   L'escarpin indiscret   29

6   Les deux magots, boulevard saint Germain   33

7   La soirée bat son plein   39

8   Présentation printemps été 2025   57

9   Week-end mouvementé à la recherche de l'amour   63

10   Pigeons volent ou l'argent n'a pas d'odeur   73

11   Lettre à Pierre Urbain   81

12   Lili Rose   85

13   L'oiseau bleu   89

14   Lahtifa Zouina, souvenirs d'été   93

15   Je vous ordonne de tuer   99

16   Double face de Janus, mon chemin de croix   105

17   Qui es-tu, toi en face de moi ?   111

18   Profileuse de talent   119

19   Paris rive gauche, 39 degrés à l'ombre   125

20   Le destin de Madame Arquilla   135

A propos de l'auteure   143

REMERCIEMENTS

Je remercie mon éditeur, mes enfants et petits enfants, qui m'ont accompagnée et soutenue dans cette création littéraire.

1 RIEN NE SERAIT ARRIVÉ SI...

Bien chère et tendre Anne-Claire,

Depuis quarante-cinq jours je ne suis plus la jeune femme que tu as connue. Chaque matin je me découvre dans mon miroir, transformée. Miroir, mon beau miroir, qui suis-je aujourd'hui ?

Finis mes maquillages de stars, finies mes coiffures sophistiquées, mes couleurs de cheveux, mes longues mèches effilées, finies les mains manucurées. Finis les parfums envoûtants, les robes de grands couturiers, finis les cocktails chics et les dîners en ville. Finis les amants fortunés en vestes de tweed, col anglais, blousons de chez Sandro, clubs de golf et raquettes Prince 3, Phantom et Ferrari. Fini le chic bonjour le choc !

Si tu me croisais aujourd'hui quelque part dans le monde tu ne me reconnaîtrais plus. Tu as toujours prédit mon départ de notre univers asphyxiant et douillet. Tu m'as encouragée à faire le grand saut vers l'inconnu, poser mes semelles sur les chemins d'une vie aventureuse. Moi, tête folle inconsciente du danger, toi si soucieuse du présent. Toutefois, tu me mettais parfois en garde contre l'abandon d'une existence guindée et agréable. Notre éducation conventionnelle, discourais-tu, était la garantie privilégiée d'un grand mariage et d'une vie dorée. Longtemps j'ai rêvé d'évoluer dans un autre espace que le tien. Le mien : la culture, les mouvements féministes, les droits de l'homme et la liberté...

Le hasard fait bien les choses pour certains, pour d'autres tout est à écrire. J'ai choisi ce parti.

Il suffit de tomber au bon moment sur « le détonateur réveilleur de léthargie individuelle » pour ouvrir « l'homme conscient » à l'universalité du monde. C'est mon cas. Il y a des rencontres que l'on ne maîtrise pas. La mienne : un vieux magazine « Paris Match » abandonné près d'une poubelle. En couverture le visage de la grande leader noire *Angela Davis*. Cette femme, à la figure ronde, déterminée, aux yeux noirs intelligents et au regard profond,cheveux coiffés à la « African hair », son bras droit dressé vers le ciel, poing fermé sur le flambeau de la liberté et de l'espérance. Évoquant ainsi le symbole américain de la statue de la Liberté à l'entrée de l'Hudson river, au sud de Manhattan (New York). Je restais bouleversée, me sentant interpellée. D'année en année j'avais suivi son parcours avec admiration. Elle était professeure de philosophie, de sciences politiques et écrivaine. Militante du mouvement « Black Panthers Party », des droits civiques pour la libération des peuples noirs, et particulièrement de toutes les minorités. Communiste, pacifiste, féministe LGBT, à l'époque du président Nixon et de la guerre au Vietnam, elle dénonçait la démagogie raciste dont l'idéologie xénophobe avait rallié à sa cause une partie de la classe ouvrière blanche souffrant du chômage. Pour « activité politique » le F.B.I. l'avait fait emprisonner vingt-deux mois à New York puis en Californie. Acquittée, elle avait fait ensuite son coming-out et poursuivi sa carrière universitaire au poste de directrice de département à l'université de Californie de Santa Cruz.

Cette illumination m'enjoint de changer de vie, d'abandonner mes préjugés. Ce réveil à l'indépendance suscitait mon désir de quitter ma cuirasse de cloporte en planque dans le monde des convenances. Hier, je m'accommodais d'une vie étriquée sans gloire, dans l'oisiveté. Je jouais un rôle de femme soumise que j'exécrais, dans une province conformiste et limitée. Ni toi ni moi ne connaissions le moment où mes ailes de papillon se déploieraient pour rejoindre l'esprit de résistance, quelque part sur la planète...

Si je voulais adhérer à cette idéologie, je devais la rejoindre. Prendre des risques en terre inconnue aux côtés des « Black Live Matter » était excitant.

Sous le choc de cette prise de conscience, les pieds greffés dans le trottoir je restais figée devant le kiosque à journaux. Décision instantanée : il me fallait quitter la ville pour militer dès demain.

Perdue dans mes pensées l'air me parut soudain irrespirable, j'étouffe.

Un bus passe, je saute dedans. Un signe du destin, destination inconnue. J'irai jusqu'au terminus, me disais-je, puis j'aviserai. Une fois arrivée dans un coin de banlieue paumée, il est quatorze heures, les rues sont désertes. Avantage pour moi, personne dans cet endroit ne viendra s'opposer à ma détermination de changer de look. Après quelques pas sur le macadam fondu je me trouve devant un salon de coiffure, en pousse la porte et entre. Le coiffeur, au milieu de son salon désert m'accueille d'un regard dérangeant en compagnie des reflets infinis des fauteuils et de sa silhouette dans les miroirs. C'est un jeune homme sans gloire, au visage tourmenté, aux yeux ronds et mobiles. Il affiche un sourire moqueur et provocateur, sous sa fine moustache en guidon de vélo.

— Asseyez-vous Mademoiselle, me dit le figaro aux traits fins, parfumé et féminin, fragilisé par sa hauteur d'asperge verte. Que puis-je pour vous ?

— Très simple : m'aider à changer de tête.

À ce moment-là seulement, je lui tends mon vieil hebdomadaire « Paris Match ». Faites-moi une permanente, je veux la même coiffure qu'*Angela Davis*.

— Mais vous êtes blanche et blonde, vous allez abîmer vos beaux cheveux ! Elle est très frisée, regardez sa photo, elle est noire et ses cheveux sont crêpus, proteste-t-il mécontent.

— Qu'importe, je ne vous demande ni votre avis ni vos conseils. Teignez les couleur corbeau et frisez les moi.

— Bien Mademoiselle. Je me permettais de vous mettre en garde contre cette teinture qui est difficile à faire disparaître si par la suite vous changiez d'avis, dit-il radouci. C'est mon métier d'avertir mes clientes. Il me désapprouve. Entre nous plus un mot. La séance de transformation a duré jusqu'à la fin de la journée. Au dernier bigoudi je découvre ma nouvelle tête. Je suis plus frisée qu'un mouton du Quercy. Ma nouvelle identité me bouleverse. Il ne reste plus rien de la jeune femme élégante que j'étais en arrivant. Face à moi dans la glace, une inconnue. Le reflet du miroir me renvoie derrière moi l'image inquiète mais admirative d'un « Tonio » garçon coiffeur, érigé en statue de sel aux portes de Gomorrhe...

Aujourd'hui j'ai atteint mon but : changer de tête pour changer de vie.

Maintenant, ma bien chère amie, je porte des jean's, un sac à dos à la place d'un sac à main surchargé. Je suis membre active du « Comité pour la libération des noirs ». Je partage mon temps entre sittings, meetings, Justin Timberlake, Ryanna,Jessica Simpson, les poètes et écrivains James Baldwin, Philip Mayer, peintres et intellectuels. Ma vie est riche de rencontres et de liberté. Tu as eu raison, je te serai éternellement reconnaissante de m'avoir poussée à m'expatrier. Tu vois, si je n'avais pas ramassé ce vieux journal et changé de coiffeur je n'aurais pas trouvé la force de fuir.

Rejoins-moi en Californie, on y vit heureux.

Ton amie pour toujours.

Philippine de Var…

…Suite et fin

Anne-Claire est surprise de recevoir une grande enveloppe en provenance des États-Unis où elle n'a aucune attache. Après un moment de réflexion, elle reconnaît les pattes de mouches de l'écriture de sa « vieille » amie. Ses doigts tremblent sous l'émotion, ses jambes flageolantes l' obligent à s'asseoir devant son petit secrétaire Louis XVI.

À la lecture de la lettre elle pleure, non de tristesse mais du manque de loyauté de son amie. Le départ de Philippine avait été vécu par elle comme un abandon, une trahison. Délivrée de l'emprise de son amie elle avait transformé ce long attachement en nouvelles rencontres : rallyes, week-ends à la mer. Enfant unique, choyée par une famille aimante, elle avait opté pour le confort de la fortune, une vie agréable. Ne voulant pas dépasser l'âge de vingt-huit ans sans se marier, elle avait jeté son dévolu sur un fidèle ami. Si ce n'était pas l'amour fou de son côté, lui était un homme solide, généreux, un peu ours. Elle allait épouser Aymé, certaine qu'aucune amie ne tenterait de le séduire. Surtout pas sa belle amie Philippine. Courageux et timide, Aymé serait un excellent époux avec des qualités : travail, loyauté, sens des solides amitiés.

Lentement, soigneusement, elle replie la lettre, la remet dans son enveloppe, ouvre le tiroir secret de son petit bureau «bonheur du jour», la dépose au fond de sa cachette, se lève, se dirige vers un petit guéridon en acajou, prend le cadre doré de la photo de Philippine, la retire pour la remplacer par celle de l'avenir : Aimé. Un rayon de soleil vient éclairer sa main gauche, faisant briller de mille éclats son énorme bague de fiançailles en rubis et diamants. Ce bijou est la garantie d'un avenir solide.

2 L'AMBIGUITE

Jojo et Milou s'étaient rencontrés devant des « big-mac » à Orlando. Au premier regard ils étaient tombés amoureux, raides dingues l'un de l'autre. Tout de suite ils avaient découvert leur passion commune pour Donald, leur héros. Abonnés dès l'âge de huit ans au journal « Donald », ils avaient appris à aimer cet être exceptionnel en vivant dans sa sphère. Les deux tourtereaux avaient transformé leur idole en gourou.

Voilà maintenant vingt-cinq ans que Jojo et Milou vivaient sous l' emprise de Donald. Ce maudit coin-coin partageait avec eux et moi leur fils une trilogie fusionnelle dans le quotidien. Auprès de mes parents déjantés, je m'insurgeais pour trouver ma place dans la famille.

Par fidélité à leurs amis et à leurs convictions, depuis ma naissance je suis contraint de me prénommer comme ce canard paresseux, caractériel, tricheur, roué et fourbe : Donald. Enfant unique, je porte les stigmates de parents infantiles, attachants.

Ma mère ne ressemble pas à toutes les mères. Milou s' appelle Daisy pour ses amies. Daisy a le look et le prénom de la copine de Donald. Grands yeux noirs aux faux cils balayettes. Bouche épaisse aux lèvres rouges qui laissent leurs traces sur les joues, aux moindres baisers. Quant à mon père, c'est une autre partition. Donald senior est le clone de son alter ego : blazer bleu roi, galons et boutons dorés, casquette blanche de capitaine.

Mon parcours scolaire était douloureux, j'y vois plusieurs raisons. La mascarade familiale m'a fait souffrir, surtout quand Daisy à l'allure excentrique m'attendait à la sortie de l'école ou aux grilles du collège. Mes copains, méchamment, m'invectivaient. Leurs quolibets étaient des poignards. Pour elle l'affection de ses amies, pour moi le cauchemar. Enfant docile, pour ne pas décevoir mes parents j'ai joué leur jeu. On m'avait appris à marcher les pieds en canard, à avoir mauvais caractère, à manger des plats qui font grossir. Trouver ma personnalité a été laborieux durant mes années d'études et de sport. À ce jour je m'interroge encore sur la force de mon endurance, de mon équilibre. Avec le temps et la rage j'ai acquis le discernement et l'humour dans cet univers de bandes dessinées. Combien de fois n' ai-je pas eu l'envie de me tirer de ce perpétuel carnaval ! Jusqu'au jour où, seul devant la télévision, j'ai assisté à une émission : « Quel personnage souhaitez-vous devenir ? ».

Sous les applaudissements de la salle et du plateau, j'ai vu arriver un gros pingouin[1] à la face d'homme, qui marchait en se dandinant et portait un seau plein de sardines. Il avait faim. Il fallait le nourrir en lui jetant les poissons qu'il attrapait en ouvrant grand sa bouche et en sautillant lourdement.

---

[1] *Histoire vraie*

Cet après-midi-là, j'ai découvert qu'il y a plus fou que Senior et Daisy . Ce fut pour moi une révélation, un réveil. Je ne souhaitais pas faire souffrir Jojo et Milou, je les aimais avec leurs différences et leurs codes. Je retrouvais alors mon autonomie de pensée. Au bout de quelques jours, sous prétexte d'un voyage je les quittais...

Pour ma nouvelle existence, il me fallait prendre des décisions. La première action : me trouver un psy. La deuxième : changer ma silhouette, délivrée des hamburgers, pizzas et sucres. La troisième : m'inscrire dans l'école de Théâtre la plus prestigieuse de Californie. Les années vécues dans l'ombre de mes parents saltimbanques serviront de tremplin à mon succès. C'est dans cet esprit que je franchis la troisième étape de mon destin. Rendez-vous dans quelques mois.

Je plais aux jeunes filles. Autour de moi on dit que je suis un beau blond, est-ce vrai ? Je suis grand, mince, avec un physique athlétique. Ma voix a un timbre particulier, chaud, grave, et porte loin. Elle contribuera à mon succès. En me voyant arriver dans la salle d'audition de jeunes comédiens me dévisagent et me toisent. J'ai le sentiment d'être l'intrus, le rival !

— Jeune homme, me dit le professeur, aujourd'hui vous allez vous présenter à vos camarades. Déclinez prénom et nom. Ensuite vous nous formulerez votre identité de scène.

J'ai le trac devant tous ces yeux qui me regardent et me déshabillent. Je me sens nu. Le silence est pesant, les planches de la scène sentent la poussière. Envahi par le doute, le trac au ventre, je me lance.

— Bonjour à tous. Merci de m'accueillir parmi vous. J'ai toujours souhaité être comédien, je crois pouvoir interpréter plusieurs personnages.

— Stop, on s'en fout, fais simple. Va droit au but, me dit le prof.

— Je m'appelle Donald Trump. Éclats de rire de mes futurs copains. Qu'ai-je dit de si drôle ? J'en reste muet.

Une voix s'élève et m'interpelle :

— Dis-moi, tu as un nom très politique. *Suis-je un comique ? Je me sens gauche, que faire ? La salle se tord de rire, pourquoi ai-je le trac ?*

Une autre voix s'élève :

— Tu as le prénom d'un canard sans parler du reste, me dit un autre. N'as-tu jamais pensé à traduire ton nom de famille ?

— Non, je n'en ai jamais eu la curiosité. Est-ce important ? dis-je impressionné.

— Écoute-moi Donald, reprend le prof, ne cherche pas de nom de scène, tu l'as déjà. Tu as déjà l'allure, les cheveux blonds et les yeux bleus, reste à acquérir le talent. Dorénavant pour l'affiche de théâtre tu seras : Donald Trump.

Déstabilisé par ma balourdise devant l' homonymie d'identité et la subtilité de la situation je ris aux larmes. À ma soudaine gaieté mes camarades applaudissent. Mon premier succès !

Transfert contre transfert le courant est passé, me dis-je, je suis adopté. La moitié du chemin est parcourue, je n'ai plus qu'à endosser le costume de comédien. J'ai connu par le passé la comi-tragédie avec ma famille. Ce nom patronymique est célèbre. Je vais le faire mien. Créer, affirmer mon personnage pour ma gloire et ma fortune, la joie de mes parents.

Quelques années plus tard à New-York, Londres et Paris on jouait «Le roi Lear» de William Shakespeare avec en tête d'affiche le célèbre comédien Donald Trump.

3 LA FLAMME CARBURANT DE MON IMAGINAIRE

J'ai 7 ans, l'âge de raison. Pourquoi suis-je né curieux ? À 3 ans, j' aime déjà ouvrir les portes interdites, me faufiler en rampant sous les vieux meubles, appuyer mon œil contre les trous de serrure, braver les mises en garde. Surprendre les miens, entendre les conversations cachées aux enfants. Je cherche à connaître ce qui ne me regarde pas. Dès que j'apparais quelque part je sens un mystère m'envelopper. Pour élucider ces cachotteries j'espionne les bruits de couloir et me fais transparent. Rendu invisible j'aspire à connaître la vérité, je me cache.

À mon âge, j'ai envie de rigoler à l'école du quartier avec mon ami Victor. Je suis petit, timide. Vic, lui, est balaise, grand et mince. Il m'épate, car il est très fortiche. Copains à la vie à la mort. Avec lui, je pense. Son père a acheté la télé, il me résume les émissions. Elles m'aident à réfléchir ! Tout a une contrepartie : je fais ses devoirs de français et d'histoire. Vic est plus malin que moi : lui, le lièvre et moi la tortue. Intelligent et fort en calcul, il me soutient dans mes projets. Ses cours sur la « pitologie[2] » sont aussi difficiles à résoudre que les problèmes d'arithmétique avec les trains qui se croisent. Grâce à ses connaissances sur ma famille, Vic me laisse entrevoir que les miens me mentent, transformant la vérité en contrevérité, les citrouilles en carrosses dorés. Suis-je une Cendrillon ou un prince charmant ? Ces pensées bizarres me troublent. Pourquoi ne pas répondre à mes questions ?

À vrai dire, je préfère ma vie dans le monde du cosmos, là où se trouve la « Planète sauvage » habitée par les géants bleus, « Draags » humanoïdes. Ils sont super forts. Puisqu'ils m'acceptent comme je suis, j'aime les retrouver dans les nuages. Zen, comme eux, assis dans une bulle de cristal. Découvrir le monde en rêvant est mieux que de jouer à la poupée avec ma sœur. Cependant, « ya quèque chose » qui me dérange. Où se cache l'erreur entre les Draags et nous les terriens ?

Ma sœur Hortense et moi Joseph sommes encore deux. Demain matin nous serons trois. J'espère un petit frère. C'est pourquoi ma mère veut que je dorme chez mon grand-père. Moi je préfère attendre le bébé chez nous.

Vingt-deux heures, marque la pendule lumineuse à côté de mon lit. J'entends la porte de ma chambre grincer, s'ouvrir doucement. Je fais semblant de dormir. Une ombre surgit silencieusement. Je me recroqueville, immobile. Elle se penche sur moi :

— Tu dors, Joseph ?

Prudent, je ne lui réponds pas.

Le fantôme, que j'ai reconnu à son odeur attrape mes draps et couvertures, m'enveloppe et part en courant vers l'escalier qui

---

[2] *Pitologie : psychologie*

monte à l'étage chez mes grands-parents. Durant ce transport, j'entends des voix dans la cage de l'escalier.

Le revenant me dépose dans la chambre rouge, celle qui donne sur le long couloir très sombre, bordé de placards dans lesquels se cachent des diables agresseurs. J'ai la trouille dans cette grande pièce aux murs rouges. Elle est remplie de livres de guerres et d' atlas ; je les ai ouverts et lus. Fébrile dans le noir je n'entends plus un bruit, où sont-ils partis ?J'attends pour explorer la maison. Pas question de m'endormir. Plus un son, tout est silencieux. Je me lève, pose mes pieds nus sur le carrelage glacé, avance prudemment dans l'appartement dont je connais tous les coins et recoins. Froussard mais parfois téméraire, indiscret, je sursaute au moindre craquement, j'avance à tâtons vers le bureau de ma grand-mère. Mon cœur bat à tout rompre, j'entre dans le domaine de mon aïeule. Fier de mon audace, j'ai osé braver l'interdit. Tout de suite un parfum de chèvrefeuille m'enveloppe. J'ai peine à respirer cet arôme que je connais si bien. Pour calmer mon esprit en feu et réfléchir, je m'assieds sur le petit pouf rouge qui sert aux jambes douloureuses de ma grand-mère.

L'oreille aux aguets, j'approche de son secrétaire sans faire de bruit. Tire sur la poignée en cristal du tiroir, la main tremblante. Pas de violettes en bonbons à l'intérieur. À leur place, précieusement rangé, un petit livre jauni par le temps qu'elle ne voulait pas que je touche. La première fois à sa vue je m'étais lancé le défi de le retrouver le jour où… Relique familiale centenaire à l'ivoire écorné, comment est-elle arrivée là ? Délicatement je m'en empare. La couleur beurre frais de la couverture d'ivoire me fascine, me bouleverse. Entre mes doigts je le tourne dans tous les sens. Le mets contre ma joue pour percevoir sa douceur. Lèche sa couverture pour effleurer les aspérités des arabesques ciselées de la corne ivoirine. Mes lèvres embrassent avec passion ce précieux trésor ; je le serre sur ma poitrine. Ma respiration est saccadée, mes mains transpirent. Le fermoir lâche, le recueil s'ouvre. Entre mes doigts, j'hume la poussière du temps déposée sur la soie brûlée et le papier jauni bordé d'or des premiers feuillets. J'ai oublié mes lunettes, sans elles je suis plus myope qu'une chauve-souris en plein jour. Les minuscules lettres dansent, m'appellent, enflamment mon esprit noyé dans le brouillard de mes yeux. J'ai très chaud. Ma tête brûle. Mes mains piquent, s'agitent. C'est le message des Draags. Je décode « création ». Ma voix intérieure me souffle : *il est temps pour toi de grandir. Écris tout de suite sans réfléchir, d'instinct. Trace, gribouille les mots qui ruissellent de ton imaginaire. Laisse ta main courir, danser sur les pages jaunies du livre d'ivoire centenaire.* Écrire, écrire, tracés italiques, ronds, carrés, rectangles, lignes droites ou brisées, A, B, C, D, points d'exclamation, de suspension, virgules, guillemets, pleins et déliés. *Prends la place qui t'est destinée sur ces feuillets « sacrés ».* Porte-plume au bout des doigts, la plume crache de l'encre violette : j'écris. Ma main file sur le minuscule recueil posé sur le bureau. Dans le silence de la chambre de ma grand-mère, j'ai la certitude que je suis un écrivain.

Un bruit me ramène à la réalité. Promptement, je remets dans le tiroir le précieux manuscrit ivoire ; me faufile entre les ombres des rideaux pour regagner mon lit avant d'être surpris.

4 MIRAGE D'AMOUR QUAND TU NOUS TIENS

Explorer, scruter, questionner, j'ai voyagé durant des années à la recherche de ce mirage fugitif qui emporte dans son tourbillon laiteux cette femme sublime, unique, qui m'était destinée. De courses en courses j'ai visité les sites les plus reculés de l'univers, en vain. L'usure du temps, l'abandon de mes espérances, j'ai fini par accepter mon triste destin de phacochère, moi le célèbre violoniste. Pourtant je me souviens d'un soir où….

Dans le night-club le plus huppé de Saint-Germain-des-Prés m'apparaît une beauté sculpturale, éblouissante, charmante. Ses longs cheveux flamboyants chutent en cascade sur ses épaules carrées bronzées à la peau fine. Moulée dans une robe pailletée rouge et argent, elle est Aphrodite, l'inspiratrice, l'égérie de l'amour. Face à elle, ébloui, humble, je perds le souffle. Le choc est violent. Je suis foudroyé par l'émotion. Cet événement va changer ma vie. L'espace d'un instant, nos regards se croisent. Sous l'émotion je m'assieds. Jeune, ravissante, elle braque sur moi ses yeux en amande au regard profond, vif, et brillant d'intelligence, d'une couleur indéfinissable. Je me sens nu. Statue marmoréenne, elle se tient devant la table ronde où je me suis assis, troublé. Pour mieux la découvrir et masquer ma confusion, je me camoufle derrière la fumée de mon cigare parfumé, savoureux, délicieux. Sous le charme de cette rencontre, la quitter me paraît impensable. Instinctivement, j'ai envie de la prendre dans mes bras. La finesse et la beauté qui émanent de son visage me fascinent. Une révélation, elles atteignent, pour moi, la perfection de sainte Anne peinte par Michel-Ange. Je suis bouleversé, atomisé.

— Je suis Ève, me dit-elle. Bouche ourlée rouge appelant le baiser, voix de miel…

— Enchanté, répond la mienne, croassante, Gilbert. Je vous en prie, faites-moi le plaisir de vous asseoir.

— Après quelques paroles échangées, rapidement nous devenons les meilleurs amis au monde. Rencontre unique où le destin lie les êtres, nous ne nous quittons plus. Jour après jour, nous partageons travail et succès. Son rire et sa joie de vivre offrent l'harmonie de la vie à mes coups d'archet. De mon violon s'élève une voix humaine...

Enveloppé dans une chape d'amour et de bonheur, égoïstement je laisse les années filer. Partagé entre le confort des sentiments et la musique. Ma muse et l'art, avec les tourments des états d'âme d'un virtuose. Tout à mes gammes musicales, je coule des jours heureux, laissant à ma belle compagne l'inconfort et l'isolement du quotidien. Sous la protection d'Ève, coupé des réalités, couvert de gloire et de compliments, je n'ai pas senti le souffle du cataclysme gronder. Je revois le jour où le tonnerre, la foudre s'abattaient sur moi, me laissant terrassé.

Je me souviens de ce jour, en fin de journée, épuisé par mes musiciens, où je la rejoins chez nous. J'ai toujours le cœur affolé quand je retrouve Ève : sept ans de bonheur sans nuage ! Pourtant, elle est moins assidue à mes dernières répétitions. Ce soir-là, le cœur et l'esprit amoureux, je parcours chaque pièce de notre logement, espérant la surprendre. L'appel de son prénom reste sans réponse. Le lieu est imprégné de son absence. Étonné (ce n'est pas dans ses habitudes), stressé, je m'étends sur le canapé en cuir jaune du salon pour me reposer et l'attendre. J'ai dû dormir longtemps. Il est trois heures du matin quand j'ouvre les yeux. Pourquoi Ève m'a-t-elle laissé assoupi autant de temps ? Éveillé, je l'appelle d'une voix de plus en plus forte. Le silence me répond et l'angoisse m'étreint. Effrayé, je constate qu'elle n'est pas là. Angoissé par son absence, la gorge serrée, les mains moites et tremblantes, j'essaye de joindre au téléphone nos amis et connaissances. À cette heure seul le vide d'une sonnerie me répond. Les hôpitaux me renseignent négativement. La police me conseille de me calmer et d'attendre. Réponse décapante, voire cruelle pour celui qui espère. Se morfondre dans l'ignorance est épouvantable. Les minutes égrènent le poids de la peur. Le stress m'affame. Après avoir tourné en rond dans l'appartement, je me dirige vers la cuisine. Mets de la lumière, vais vers la porte du frigo, l' ouvre. Il est quasiment vide, sauf en évidence une grande enveloppe ivoire à mon nom. Immédiatement je reconnais l'écriture élégante d'Ève. Interrogatif, inquiet, je la saisis plein d'espoir, l'ouvre, le cœur en vrille. Impossible de lire sous l'émotion. Les lettres sautent dans le brouillard liquide de mes yeux. Touché dans mes fragilités d'artiste, une transpiration glacée coule le long de ma nuque et de mon dos. Les doigts tremblants et les jambes flageolantes je finis par décoder son message énigmatique : la sentence de ma mort. Le cœur poignardé, sans souffle je m'effondre sur le tabouret de cuisine. Bouleversé, je relis la missive qui infuse son poison pour mieux m'assassiner. Entre deux hoquets, des larmes et des cris, je parcours à nouveau sa lettre, espérant l'avoir mal interprétée.

« Mon bien-aimé Gilbert, toi, ma vie.

Par respect pour les années "bonheur" partagées avec toi, mon cher amour, ne cherche pas à me retrouver. Tu as eu le meilleur de moi, à tes côtés j'étais ta Reine. Que d'amour n'avons-nous pas mis en commun ? J'ai eu la joie incommensurable de partager ton quotidien. Le privilège de vivre à tes côtés et de te soutenir dans tes concerts à travers le monde. Aujourd'hui, il m'est impossible de continuer ce parcours merveilleux que tu as construit autour de moi. Mon cher et grand amour je n'en suis plus digne aujourd'hui, adieu. Surtout n'entreprends rien pour me retrouver. Tu me mettrais en danger de mort. Oublie-moi. Je sors de ta vie brutalement, une déchirure pour nous deux. Continue seul ton parcours en compagnie de tes archets et violons. En souvenir de notre merveilleuse histoire sans tempête ni nuage autres que les doux alizés et les bruissements d'ailes des anges, je te laisse un cadeau. Ouvre ce vieil écrin rouge à l'intérieur duquel repose cette montre de gousset en or, que mon père m'a transmise. Elle est d'une grande valeur, une pièce historique de la lignée des femmes de ma famille. Elle a appartenu à Richelieu, qui l'a offerte à l'une de mes aïeules. Conserve-la dans l'écrin aux armes du Cardinal. Un jour, peut-être, la transmettras-tu à ton tour à un être cher. Au revoir Gilbert, si tu le peux, garde en toi intacts nos moments d'harmonie et d'amour. Je dépose mes lèvres sur ma signature, dernier hommage à ce qui nous lie pour l'éternité. ÈVE »

Le poignard de la trahison me frappe, me détruit. En pleurs, sous le choc, je serre longuement ce papier qui sent encore son parfum. La respiration coupée, mon corps s'affaisse sur le marbre noir de notre cuisine américaine. Combien d'heures suis-je resté prostré à cet endroit ? Pourquoi cette fuite ? Ai-je laissé les flots de musique noyer notre couple ? Ai-je été plus attentif aux vibratos de mes archets qu'aux qualités de la femme avec qui je partage ma vie ? Le pense-t-elle ? Me voilà impuissant face à ce drame. La retrouver est vital. Ma décision est prise, je vais la chercher, la reconquérir. Cela devient une obsession. Les jours passent, je suis prostré durant des semaines, des mois... Puis vient le moment cruel où je sors de mon burn-out pour écouter mon avocat. Ce dernier m'informe de la loi : une personne physique majeure n'a aucune obligation de révéler où elle vit. Cet espoir perdu, mes cheveux blanchissent en quelques heures.

La disparition d'Ève a l'effet d'un cataclysme sur mon psychisme. Sans sa présence mon violon perd son âme, se tait. Mes bras se paralysent. Ève est dans mon être, tatouage invisible, indélébile sur ma sensibilité créatrice.

Les années ont filé mais je n'ai jamais renoncé à la retrouver. Au fond de moi je suis certain qu'elle vit ailleurs. Pour conserver un lien avec elle, je prends soin d'alimenter son compte bancaire secret, numéroté au Luxembourg, pour la protéger. À ce jour, aucun versement ne m'a été retourné. Depuis une semaine l'adresse d'Ève a dévoilé ses secrets : elle est localisée.

Je vais enfin comprendre le mystère de sa fuite. Il me ronge depuis si longtemps ! Ce drame sentimental est une plaie qui ne s'est jamais refermée, je suis resté seul, fort et fragile. Dans quelques mois, soixante-dix ans frapperont à la porte de mon automne. Connaître la vérité sera un atout pour entamer cette nouvelle étape de mon existence. Demain, après un entretien avec Ève, si elle accepte, je serai libre d'un passé et bâtirai mes projets d'avenir…

Parti à l'aube, c'est à une vitesse folle que ma voiture traverse la France en diagonale pour rejoindre le bourg où Ève s'est réfugiée. Mille souvenirs me tourmentent sans y trouver de réponses. Le séisme de mon existence m'a laissé dans une immense difficulté émotionnelle. Brisé, je n'ai jamais pu reprendre mon violon. Je suis encore vert, il est grand temps de vivre heureux, finir mon existence en misanthrope n'est pas mon souhait…

Il est vingt heures, entre chien et loup, quand mon chauffeur me dépose sur la place de Loiseleu, dans l'Eure, devant l'unique bar-tabac de la petite commune dont un lampadaire éclaire pauvrement le trottoir. À cette heure, l'ambiance du village est lugubre. Comment vivre dans ce coin perdu glacial ? Je m'y sens mal à l'aise et resserre sur moi mon épais manteau de vigogne noir. Enfonce sur ma tête mon feutre Fédora et décide de prendre le temps de réfléchir. Près de moi un banc écaillé semble m'attendre, pourquoi ne pas m'y asseoir pour me préparer à cette rencontre. Il a été installé devant le caboulot pour accueillir les poivrots. La nuit est sombre. Au loin, les chiens hurlent à la mort. Le lieu est désert, l'ambiance délétère. Derrière les murs du cimetière, j'aperçois les croix inégales des tombeaux pointer leurs bras vers les cieux, *parfait décor pour une messe noire ou une promenade nocturne avec les morts…*

Ma vue excellente me permet de tout distinguer la nuit. Du coin de la place, j'aperçois à l'intérieur du café la silhouette d'une femme opulente. Boudinée dans sa robe rouge, assise sur une chaise bancale devant une table ronde. Elle a posé son avant-bras droit sur celle-ci. Grâce à cette position, sa tête repose sur sa main droite. Sa chevelure épaisse, poivre et sel, tombe en grosses mèches cascadantes sur son cou. Ses épaules laissent deviner ses souffrances cachées, de lourdes épreuves. À la regarder de loin, j'entrevois la chape de tristesse et d'usure qui pèse sur ce corps harassé. Instinctivement je suis ému, compatissant face à cette muette détresse. Cette personne porte en elle les drames, la solitude et la misère du monde. Immobile, dans la pénombre, je suppose que tous les soirs elle laisse échapper son chagrin. Comment dans ce lieu médiocre ne pas s'abandonner à son désarroi et ses déchirements ? Je la regarde tourner la tête vers l'extérieur. Quelle est sa vie ? Voir sans être vu me donne un sentiment de culpabilité dans cette nuit sans lune et ce froid glacé. Pourtant, de loin, je crois reconnaître ces yeux noirs en amande qui fouillent la nuit sombre. Son regard est triste, désespéré, profond. Il retourne vers l'intérieur du bar pour se poser sur la porte : est-elle en attente ? Je lis sur son visage les scories de la déception et les plis amers. Sa bouche encore belle souligne par un léger affaissement l'amertume. Je l'observe reposer lourdement sa tête fatiguée entre ses mains abîmées, déformées. Le hasard du destin voudrait-il qu'elle reçoive quelqu'un ce soir ?

L'humidité est pénétrante. Je frissonne, mon sang se fige. Il me faut bouger. Après un moment de réflexion, je m'interroge encore *– quel justificatif suis-je venu chercher dans cet endroit au bout du monde ?* Ému et tremblant face à cette situation je me lève, dirige mes pas vers la lumière. Arrivé près du bar, je jette un œil à l'intérieur à travers les carreaux sales et graillonneux. L'endroit est crasseux, le sol en granito est couvert de mégots et les cendriers publicitaires débordent. Me suis-je trompé de lieu ? Soucieux, sceptique, j'ouvre le petit carnet Hermès que je garde à la main, vérifie l'adresse. C'est bien ici. Cet endroit étrange n'a pas de place dans mon histoire. Pas un instant je n'imagine retrouver Ève dans ce lieu miséreux. Les doutes m'assaillent. Comment ne pas me questionner à son sujet, sans information depuis tant d'années ? À travers la vitrine, je scrute dans l'ombre cette lourde silhouette à l'intérieur de ce boui-boui infâme. Qui est cette femme ?

Que penser ? Que faire ? Je suis certain qu'il y a erreur. Pourtant , je ne peux me dérober à mes choix. Quitter cet endroit sans connaître la vérité serait pour moi une torture. La femme que je cherche est à l'automne de son existence. Je l'imagine belle, cheveux blancs, neigeux, yeux doux et bienveillants, semblables aux images du passé avec quelques saisons en plus. Me tromper est impossible, mon efficace détective m'a fourni une adresse contrôlée. Mon cœur saute. Au bord du malaise, je me retiens au mur pour ne pas m'effondrer sous l'émotion. La vérité, entre rêve et réalité, est parfois féroce. *Ne pas m'enfuir, rassembler mes forces pour avancer sans faiblir. Je n'ai pas fait tous ces kilomètres pour repartir péteux comme un lâche. Affronter cette réalité brutale, méconnue : découvrir son histoire, si elle est bien Ève. Les questions et les doutes m'assaillent, me rongent.*

D'ici j'aperçois l'entrée côté bar-tabac, éclairée par une loupiote dont le verre est cassé. Je m'y dirige. La porte lourde résiste, cède. Je pénètre dans la salle, la parcours rapidement du regard. La femme n'a pas bougé, je la devine dans le coin sombre du café. Je frémis en approchant de la vérité. Pour me distraire de ces émotions des odeurs de graillon et de vinasse m'assaillent. Mon intrusion dans ce café, à cette heure tardive, a fini par faire sursauter la personne de sa torpeur. El!e se tourne vers moi, réagit en me regardant, m'interpelle avec véhémence, attaque l'intrus que je suis :

— Que voulez-vous à c't'heure ? Vous ne voyez pas que vous troublez mon travail ? aboie-t-elle d'une articulation agressive, rocailleuse et vulgaire. Vous m'dérangez, j'ai à faire.

— Je ne veux rien, Madame, juste vous parler, pardonnez-moi pour ce dérangement.

Ébranlé, mon ouïe fine n'identifie pas la voix légère d'Ève, mais celle rauque et grasse du tabac. Sous le coup de l'émotion, j'en perds le souffle. Après avoir repris mes esprits, ma parole devient plus ferme, plus incisive.

— Je ne veux rien, Madame. Juste un échange avec vous. Quelques mots, vous le voulez bien ? Avant sa réponse, je décide d'en terminer avec cette mascarade et me jette à l'eau. Mon intonation me trahit, devient chevrotante :

— C'est toi, Ève ? *me répondra-t-elle par la négative ?* C'est moi, Gilbert, tu me reconnais ?

Ces pauvres mots je les prononce avec force et tristesse, pour qu'elle m'identifie. Après trente ans, mon physique est loin de celui du jeune homme qu'elle a abandonné. Tout le monde a droit à l'erreur, pourquoi pas nous ? Dois-je renoncer à l'espoir d'échanger avec elle quelques mots ? Il est trop tard pour abandonner si près du but. Je ne souhaite pas voir fondre mon vieux rêve de retrouvailles. Quelle est l'histoire douloureuse de son passé ? Est-ce elle, la beauté que j'aime follement dans l'absence depuis des lustres ? Tant pis si sa voix mélodieuse, rieuse, charmeuse a disparu. Je suspends ma respiration pour espérer l'entendre, reconnaître les sons musicaux de ses rires. Juste retrouver un instant le ton de sa voix vibrante et chaude !

Un silence de plomb s'abat entre nous, lourd, pesant. L'atmosphère va s'embraser, je le sens tout à coup. Mon ouïe décèle les craquements insolites des bancs et des chaises. La pénombre s'épaissit comme pour un orage. Me voilà aux aguets, prêt à éteindre le feu du brasier qui va ravager peut-être les souvenirs de bonheur. Trop tard, je comprends que je suis sur le bûcher.

L'attente, le silence, alourdissent le climat du bistrot. Seule l'expiration asthmatique de la femme occupe l'espace. Des paroles envinées, envenimées s'élèvent de ce corps déformé et m'interpellent, bruyantes, violentes. Semblables à des salves de canon. Ce n'est pas mon Ève, une usurpatrice peut-être ? Pourquoi ? Je m'efforce d'oublier le passé pour avoir le courage de regarder sans ambages cette personne qui tremble de fureur devant moi.

— Fous le camp, hurle-t-elle, je n'ai pas échoué dans ce trou perdu pour que tu viennes m'y chercher. Pauvre minable, égoïste. Que viens-tu faire chez moi comme un fouille-merde ? Si je t'ai quitté, c'est que j'avais mes raisons. Toi, tes gentillesses étouffantes, ta vertu, ta musique, vous me faites vomir encore aujourd'hui. Tu es le bourgeois avec lequel je me suis le plus emmerdée, connard. Tes concerts, ton talent, tu veux savoir où je me les mets ? Tire-toi ou j'appelle au secours, braille-t-elle dans cet endroit désert. Ces propos vulgaires sont déversés à mon encontre dans l'unique but de me blesser et de me chasser. J'attends qu'elle se calme et reprends :

— Enfin Ève, pourquoi es-tu partie sans explication, j'aurais pu te comprendre, t'aider, t'apporter le secours dont tu avais besoin ? Je la découvre soudain silencieuse, muette, violette sous l'émotion. Ses yeux sont fermés, ses oreilles aussi. Plus de communication, elle est sourde à toute intervention, se tait, butée. Avec tristesse et compassion, je la contemple une dernière fois. Pardon, je ne peux la haïr. Entre deux souffles, j'entends les notes de sa voix de contralto cassée par le tabac et l'alcool. Il ne nous reste que des souvenirs, fallait-il que je déterre le cercueil de nos amours ? À présent, j'en doute. Paralysé, glacé par cette violence sous-jacente, rendu silencieux par l'émotion, mes regrets fondent comme neige au soleil. Debout face à elle, le rythme de mon cœur s'apaise et mon sang se remet à circuler. Délivré du poids du passé, je lâche un long et douloureux soupir.

Pourtant, il n'est pas écrit que je vais perdre la partie. Je ne quitterai pas le terrain sans un geste fort. Je tousse pour qu'Ève ouvre les yeux et me regarde. Puis sans un mot, face à elle, les yeux dans les yeux, calmement, je sors de mon gilet la montre en or de son père. Je regarde l'heure. Attentif à elle, j'observe son visage d'une pâleur de cire devenir gris crayeux. Dans l'errance de son regard, je lis un sursaut d'émotion. Ève le cache en battant des paupières et des cils, comme autrefois. C'est bien elle, la femme que j'ai aimée. J'accepte la mort d'un parcours heureux, restera le souvenir…

Le temps a filé, je suis là depuis une heure. La messe est dite. Rien ne justifie que je m'attarde une minute de plus devant l'épave de mon amour. Lentement, je lui tourne le dos, ouvre la porte de ce mausolée de tristesse, le quitte sans mot ni regret, soulagé d'avoir enterré le passé. Ce vieux dossier « aujourd'hui épuisé » disparaît de l'index de ma vie...

Debout à côté de la voiture luisante dans une nuit sans lune, mon chauffeur Adolphe m'attend. La transition du chagrin à l'espoir n'en est que plus facile en sa compagnie. Il m'ouvre la portière, je monte et m'installe confortablement, épuisé par les chagrins de ma mémoire. La porte claque, la berline démarre, les phares éclairent la nuit. Le cœur encore serré, je saisis mon portable pour appeler mes noctambules de neveux. Pour chasser mes idées grises je vais leur proposer un voyage dans mon jet. Destination inconnue. Cette perspective ne peut que les enthousiasmer ; par expérience, je ne doute pas un seul instant qu'ils l'acceptent.

— Allo, c'est toi, bonsoir, ici oncle Gilbert, êtes-vous libre pour partir en voyage avec moi quelques jours ?

Pendant ce temps-là, dans le café-tabac, dans la nuit.

La solitude du destin pose ses mains glacées sur mes épaules. Le désespoir m'envahit, mes forces m'abandonnent, me voilà au bord de l'évanouissement dans ce café abject. Je contemple ce corps déformé qui autrefois était ma gloire. Où est passée la beauté de mon visage aujourd'hui défiguré, gras et ridé, où mes larmes coulent à flots sans que je puisse les endiguer ? Ce passé des jours heureux, enfoui sous les poignards de la honte, pourquoi a-t-il fallu, Gilbert, que tu le fasses surgir ce soir ? Qu'avais-tu besoin de me retrouver ? Pourquoi nous confronter à nos souffrances, nos secrets et connaître nos histoires ? Pourquoi as-tu fait ce chemin pour évoquer ce temps décédé ? Pourquoi m'as-tu cherchée alors que je te l'avais interdit ? Que veux-tu que je te révèle ? Pourquoi me surprendre et venir me contempler, difforme, amoindrie, dans ce coin perdu de France ? Que veux-tu de moi, que cherches-tu à revivre avec moi ? Gilbert, quand la porte s'est ouverte, tout de suite j'ai identifié cette grande et imposante silhouette que j'ai tant aimée. Avant que tu t'adresses à moi, j'entendais déjà les voix de ton violon et la tienne. Elles vibrent en moi comme les larmes des czardas hongroises que tu interprétais pour me séduire. Malgré le temps écoulé, malgré nos âges, mon instinct de femme s'est éveillé pour te trouver encore séduisant, élégant. Au fond de mon être, ma chair a frémi. Il n'y a pas de place au soleil, ici, pour évoquer notre histoire dans cet endroit sordide. *Arrête de pleurer et bois un coup de rouge, reprends-toi en main. Ça va te ragaillardir, te faire oublier ta vie « d'avant ». Courage.*

Gilbert, pourquoi as-tu fait tout ce chemin, quelle certitude cherchais-tu ? Pourquoi t'ai-je insulté ? Face à toi, paralysée de peur, j'ai été terrifiée, bouleversée par ton apparition. Mon cœur que je croyais insensible s'est affolé. Ma respiration s'est coupée. J'ai retenu devant toi mes sanglots de souffrance. Oui Gilbert, après toutes ces années je n'ai pas prononcé ton prénom, toi tu m'as appelée « Ève ». Il y a si longtemps que je ne l'ai entendu. Ta présence ici a rendu mon passé cruel et ma déchéance pire encore. Si tu es venu jusqu'à moi, je dois accepter l'idée douloureuse que tu ne m'avais pas oubliée. Tu devais encore m'aimer pour me retrouver dans ce trou perdu où je suis venue me cacher. Qu'es-tu venu chercher pour oser me déranger ? Que voulais-tu me dire que je n'ai pu, ni voulu entendre ?

Gilbert, mon funeste destin m'a fait payer le prix fort. Subissant des pressions pour te quitter, après un départ sous la contrainte, prisonnière de ma beauté marchandée, assujettie, envoyée au Qatar puis à travers l'Europe durant des années, je finis ici. Ces quelques instants d'égarement où je me suis fourvoyée ne m'ont pas autorisée à te demander secours. J'ai fui la vérité. Par peur de te perdre, je t'ai caché les dangers. Peut-être aurais-tu pu m'aider. Prise dans un piège infernal, contrainte par la force et la menace de tout te révéler, j'ai obéi à mes détracteurs. Un refus de ma part de ne pas obtempérer aurait brisé ta carrière de virtuose. Le scandale dans le milieu de la musique et des arts allait permettre à la presse de te traîner dans la boue. Alors, j'ai cédé pour te protéger de mes erreurs...

Gilbert, te voir sortir de ton gilet la montre gousset en or, notre lien au passé, m'a bouleversée. Désespérée, je t'ai regardé me quitter. Tu es parti vers la vie, moi je reste avec la mort. Peut-être un jour connaîtras-tu la vérité, qui sait ? Nul ne connaît son destin...

Me lever. Mon corps déformé, mes genoux souffrent. Avant de partir, boire un dernier whisky et sentir la chaleur de l'alcool me réchauffer, j'ai si froid. Revigorée, éteindre les lumières de mon cœur et celles du café. Me retrouver dehors, verrouiller mes sentiments comme ce boui-boui infâme devenu mon tombeau. Appuyée sur ma canne, submergée par les larmes, m'enfoncer dans la nuit en claudiquant vers mon funeste destin.

5 L'ESCARPIN INDISCRET

Les ténèbres ont avalé les étoiles. Secundo est accroché au volant de son gros quatre-quatre. Il roule sur le ruban goudronné de la route qui court vers l'horizon. Pas de camion, pas de voiture, il appuie sur l'accélérateur, vigilant. Le bercement des amortisseurs a fini par endormir enfants, femme, belle-mère. Entouré de sa famille en pleine léthargie, finis les questionnements indiscrets de sa femme et les méchancetés de sa madrée. Secundo adore conduire dans le silence de la nuit. Il soupire de rage, son épouse lui impose sa mère : elle ou le divorce. Trois semaines en camping c'est beaucoup. Rosette le déteste et sème la zizanie dans le couple pour protéger sa fille Ursula.

La buée étale son voile sur le pare-brise et ne disparaît pas malgré la ventilation. Réduisant sa vitesse et après quelques contorsions, Secundo souhaite attraper un chiffon sous son siège. Quand il le saisit ce dernier entraîne avec lui un escarpin verni noir et rouge à bout pointu.

Manque plus que ça, murmure Secundo entre ses dents serrées. J'avais fait nettoyer la voiture par mon pote et voilà cette connerie. Depuis quand cette chaussure est-elle là et à qui appartient-elle ?

Certes, je suis un coureur de jupons invétéré. Pour moi le mariage ne veut pas dire prison. Pourquoi jouer le Père la vertu quand je me fais draguer par une femme ? Mon métier de représentant de Thermomix à domicile facilite mes conquêtes. Conquérir, séduire, cueillir les fleurs de ces femmes petites, grandes, maigres, menues ou aux généreuses poitrines est grisant. Coquines, timorées ou apeurées, que m'importe, elles cèdent à mon bagout et à mon charme irrésistible. Pas vu pas pris !

Il est vrai que depuis quelque temps, pour pimenter mes rapports amoureux, j'ai eu envie d'essayer des positions acrobatiques dans ma voiture avec mes partenaires, adieu le lit. La chaleur de l'été double mes conquêtes féminines. Jouer avec le feu j'adore. Si elles prennent le risque de tomber amoureuses, ce n'est pas mon problème, je suis marié. Qui est celle qui m'a joué ce tour de cochon ? Annie, Chouchou, Loustic ou Zoé ? L'une d'entre elles a eu le culot de se plaindre auprès de Rita, la meilleure amie de ma femme. Pour se venger de moi, qui ne l'aime pas, elle s'est empressée de tout répéter à Ursula. Drames, engueulades, portes qui claquent, appels désespérés à sa mère, Rosette. Les voilà sur mon dos, je nie les faits, elles n'ont pas de preuve. Après consultation de ma femme auprès de sa mère, le verdict tombe : plus de sexe durant un mois et la belle-mère avec nous pendant les vacances...où le divorce. Ursula est bonne mère et bonne épouse, mais à ses côtés je m'étiole. Pourtant je suis toujours là pour elles. Le séjour va être joyeux ! Heureusement il y a les enfants et les soirées camping où je pourrai discrètement draguer !

Que faire de ce soulier ?

Dans la lumière des phares Secundo aperçoit un pont étroit aux parapets peu élevés. Doucement il baisse sa vitre et ralentit sans secousse. Attrape la chaussure et la balance de toutes ses forces par-dessus le muret vers le cours d'eau.

Ouf ! Je l'ai échappé belle. Le ramdam si j'avais dû me justifier devant ma femme et sa mère. À moi les vacances ! Contre mauvaise fortune bon cœur !

Secundo arrive à bon port au camping à l'heure du petit déjeuner. Les enfants sortis du quatre-quatre, l'un court vers la piscine, l'autre tourne autour de la berline. Secundo se déplie, il va pouvoir souffler. Il fait quelques pas autour de sa grosse voiture, satisfait d'être enfin en vacances. Quand il est surpris par le ton excédé de la voix de sa femme. Il dresse l'oreille, déjà la bagarre ?

—Maman, tu ne sors pas de la voiture ? Que fais-tu encore, nous avons faim, remue-toi, Secundo a conduit toute la nuit et il y a encore du boulot pour dresser la tente.

—Ma fille, arrête de me bousculer ! J'ai ôté mes escarpins hier soir pour ne pas avoir mes jambes enflées. J'en trouve un, mais pas l'autre. Secundo, pouvez-vous m'aider à chercher sous les sièges, vous qui êtes grand ? crie-t-elle de sa voix de crécelle.

—Rosette, j'ai conduit toute la nuit, débrouillez-vous. Qu'est-ce encore que cette histoire de chaussures ? Décidément vous ne savez pas quoi inventer.

Ursula, ma chérie, dis à ta mère de ma part qu'elle ferait mieux de porter des tongs comme tout le monde.

Un enfant écoute la prise de bec :

—Tu en fais une tête Mamita, pourquoi cries-tu après papa ?

— Ton père m'insulte en m'ordonnant de porter ces affreuses claquettes tongs pour remplacer mes jolies chaussures. Comprends-tu mon chéri ? Aide-moi à retrouver celle qui manque. Je ne peux pas aller pieds nus comme une pauvresse !

— Mamita, cela va te peiner, ne cherche plus je sais tout. Pendant que tout le monde dormait j'ai vu papa balancer un soulier par la fenêtre. Je ne lui ai pas posé de question. N'est-ce pas papa que j'ai raison ?

6 LES DEUX MAGOTS, BOULEVARD SAINT GERMAIN

C'est l'été, Pierre-Antoine quitte la rue de Bourgogne pour rejoindre à pied la brasserie « Aux Deux Magots ». Sa table y est réservée en toute saison.

Café littéraire fondé en 1885, les deux grandes statues de mandarins chinois à l'entrée veillent sur la respectable maison depuis cent-trente-cinq ans. Au départ magasin de soierie, il fut vendu et devint en 1885 un café littéraire. Les poètes ont coutume de s'y retrouver pour boire l'absinthe. Parmi les camarades de plume, on peut citer Paul Verlaine alias Pablo de Herlagnez. Il y croise Arthur Rimbaud qui bouleverse sa vie. Tous deux ont une vie amoureuse tumultueuse, violente. Mallarmé vient y retrouver ses amis Émile Zola et Édouard Manet ; ce dernier lui propose de peindre son portrait…

Plus tard, dans les années mille-neuf-cents-vingt s'y installent les intellectuels de gauche. Écrivains du mouvement surréaliste :

André Breton, Philippe Soupault, Louis Aragon, Paul Eluard, Robert Desnos, Antonin Artaud.

Après la Deuxième Guerre mondiale, les « Deux Magots » trouvent un nouveau souffle dans la vie trépidante de Saint-Germain-des-Prés où règne la folie d'une liberté retrouvée. Dans les clubs de jazz, c'est le délire. On danse le be-bop au son des saxos de Sydney Bechet et Claude Luther. Naît le mouvement existentialiste avec de grands écrivains et peintres.

Prendre le temps d'un café ici a un coût ; s'offrir le privilège d'apercevoir une personnalité politique, des arts, de la littérature ou de la mode aussi. C'est pourquoi, depuis des années, Pierre-Antoine, pour ne pas devenir incolore, venait s'imprégner des couleurs de la société élégante et cosmopolite.

Installé au premier rang de la terrasse, il savoure le spectacle de la rue. Un ballet de longues jambes, dansant sous les robes légères et les shorts sexy. Il espère séduire malgré sa longue et triste face, son crâne chauve et sa maigreur légendaire. Il garde l'espoir de connaître le bonheur, lui à qui on reproche d'avoir le cœur aussi sec qu'un oignon déshydraté !

Que va-t-il faire de sa journée sous cette chaleur de plomb ? Sentant la sueur couler sur son visage, il sort de son jean un bandana vert pour essuyer son grand front ridé et s'interrompt. À quelques tables de lui, une jeune cliente est assise, fière d'une élégance naturelle. Sa peau est mate, ses cheveux noirs retombent sur ses épaules nues en cascade. Elle est fine et pulpeuse à la fois. La jeune femme feuillette un luxueux magazine. Ses petites mains au vernis bleu fluo parcourent fébrilement les pages de papier glacé. Observateur discret il voit son teint mat passer au gris.

Pourquoi retient-elle sa colère ? Ses lèvres se pincent pour étouffer un cri de rage. Curieux, une idée fugitive lui souffle d'aller acheter la revue. La prudence le retient et il aimerait découvrir quel sujet tabou se cache derrière les lunettes miroir jaunes.

Pierre-Antoine la sent fragile, isolée dans cette brasserie connue du monde entier. Rendue célèbre par des hommes de lettres et de la politique depuis le dix neuvième siècle. Il l'observe, fasciné, cette jolie femme, tout en éprouvant un malaise. Il l' identifie comme un décalage, une apparence truquée, un miroir sans tain. Une analogie le fait penser au jeu de bonneteau. Étrange idée, étrange question, pense-t-il.

Il est midi quand la sirène de Paris incite les parisiens à mettre leurs pendules à l'heure, le premier de chaque mois. Pierre-Antoine tiré de sa rêverie reporte son regard vers sa voisine. Un garçon dépose devant elle une assiette copieuse. Il assiste à la transformation d'une femme discrète en panthère affamée. Elle se penche sur son plat, le hume et s'étire. Puis pour manger porte à sa bouche salade, frites et poulet qu'elle saisit de ses petits doigts aux longs ongles d'oiseau carnassier. Elle mâche bruyamment puis, sans se soucier de l'entourage, émet un rot de satisfaction d'animal repu. Soucieux des apparences Pierre-Antoine en reste estomaqué. Pour lui on est passé de la brasserie chic du sixième arrondissement à une gargotte de la Street-Food des puces de Montreuil.

Les regards autour de moi sont sans complaisance, méprisants, pense-t-il. Les bobos la trouvent vulgaire, pour eux elle n'a pas sa place ici. Pierre-Antoine connaît les travers de son milieu. La détresse de cette femme il la ressent. Pourquoi ne pas lui offrir son épaule et sortir de ses habitudes de vieux garçon ? Aura-t-il l'audace de s'asseoir près d'elle ? Lui parler, la rassurer. Devenir son ami, lui tendre la main. Découvrir son sourire. Le cœur de Pierre-Antoine vibre, ses tempes battent d'émotion, ses mains se glacent. Sera-t-il assez hardi ? En même temps la jeune femme acceptera-t-elle sa démarche ou le repoussera-t-elle par une gifle ? Dominer ses émotions, réfléchir avant d'agir, murmure-t-il entre ses dents. Il est admiratif, elle est belle dans sa robe de coton rouge fanée, courte. Il découvre ses genoux osseux et ses jambes bronzées aux chevilles fines. Ses pieds chaussés de baskets dorées usées.

Après cet examen bienveillant son regard se porte sur un sac luxueux posé sur une chaise à côté d'elle. Comment cette jeune femme peut-elle posséder un accessoire de prix sans se compromettre avec un homme riche ? Honteux à cette pensée négative il oriente différemment sa bienveillance.

Ce désarroi, cette solitude l'interpellent, l'angoissent. Cette inconnue est-elle en danger, comment vit-elle dans Paris ? Habite-t-elle un hôtel modeste d'un quartier périphérique ? Un vieil hôtel qui sent le moisi et l'usure du temps. Le type de refuge qui accueille les voyageurs désargentés venus tenter l'aventure à Paris, incognito. Déjà il en imagine les escaliers aux marches biscornues et au tapis usé. Ouvre la porte d'une petite chambre modeste aux papiers défraîchis. La moquette autrefois rose déchirée et tachée. Le mobilier désuet : lit recouvert de vieilles couvertures râpées. Des draps et serviettes gris à force de lavages. Dans un coin de la pièce un paravent cache lavabo et bidet. La fenêtre, sans horizon, s'ouvre sur une cour aux murs écaillés. Cette sinistre vision le conforte dans sa conviction du malheur. Pourquoi ne pas l'inviter à visiter Paris puis à dîner. Lui qui vit dans trois cents mètres carrés près du Palais Bourbon est prêt à l'accueillir...

Sorti de ses espérances, il regarde se lever la jeune femme et attraper son sac du sellier du faubourg Saint-Honoré. Passant devant sa table, elle laisse traîner dans son sillage des effluves d'un parfum oriental. Les poils des bras de Pierre-Antoine se hérissent. Comme piqué par une guêpe, d'un bond il se lève, jette un billet sur la table et part à la poursuite de sa belle.

Alors qu'il va quitter la terrasse des deux magots, il est arrêté dans sa course par un croche-pied. Pierre-Antoine se déséquilibre, se rattrape à un guéridon rond en marbre. Les garçons accourent, l'encerclent.

— Monsieur, murmure l'un d'entre eux, ne suivez pas cette dame, vous vous mettez en danger. Cette personne est la riche princesse de Lalibela, héritière du roi du Maltapo. Elle fréquente les « Deux Magots » incognito. Elle aime changer son look pour ne pas être reconnue. Pensez donc, elle est souvent furieuse de retrouver des photos d'elle dans les magazines. Se fondre dans les rues est son plaisir. La princesse a ses gardes du corps, ne l'approchez pas.

Pierre Antoine est abasourdi.

— Vous vous interrogez, Monsieur, l'une des singulières originalités de la princesse est de s'imaginer pauvre. La princesse est persuadée que les pauvres ont la liberté. Oubliez-la, Monsieur. La princesse vient consulter son chirurgien plasticien pour ses infiltrations de botox et sa chirurgie plastique. J'ai sa confiance, je ne voudrais pas la trahir.

C'est ça le jeu de bonneteau, un hôtel miteux pour fuir le luxe ! Je suis le perdant, pense Pierre-Antoine le cœur en friche. C'était peut-être la femme de ma vie...

Derrière ses lunettes rouges et noires, Pierre-Antoine dépité laisse échapper deux larmes de rage pour avoir cru à l'impossible.

7 LA SOIRÉE BAT SON PLEIN[3]

Raymonde Papagayo cache à ses convives sa surprise de les voir arriver si tôt. Elle voit avancer vers elle le général de Bélygérance et son épouse, enveloppés dans des capes vert et noir, bordées d'or. Suivis du colonel Arthur Isambour et de sa femme Christiane, dans les mêmes tons.

Elle n'est pas étonnée de les voir arriver en quatuor. Elle a appris chez sa coiffeuse, fort indiscrète, qu'ils fréquentaient ensemble régulièrement les clubs échangistes de Paris. Raymonde trouve très amusante la situation, la soirée commence bien.

Ensemble, d'un pas léger, ils gravissent les marches, saluent courtoisement leurs hôtes et pénètrent dans la maison. À leur arrivée, les djembés et les deedjeridoos commencent à parler sous les mains expertes de Amé-Bénoïsse et Framarti. Très vite, les salons se remplissent.

---

[3] Extrait de « Binious Assassinés » de la même auteure, éditions NICOPLANET

On voit arriver avec éclat le comte et la comtesse de Joram, dans des pagnes extravagants, coiffés de casques coloniaux. Elle, drapée dans une moustiquaire, un gros caméléon attaché à son épaule. Il ne faut pas avoir peur ! À leur apparition, tous les invités présents éclatent de rire. Ils passent pour des extravagants. L'effet escompté est réussi. On sait faire preuve d'humour dans le golfe du Morbihan !

Viennent ensuite le marquis et la marquise de la Tour Pauillac. Pour être dans le ton de la soirée, ils ont très certainement relu Jules Vernes et portent des costumes de grands explorateurs du « Tour du monde en quatre-vingts jours » une façon comme une autre d'aller en Amazonie. Qui, autrefois, n'a pas parcouru le livre « Superbe Orénoque » ?

La Marquise a acquis ces dernières années la réputation d'avoir une langue vipérine. Elle aura du travail ce soir, les sujets ne manquant pas, elle passera une délicieuse soirée.

Tous se croisent, se saluent. Raymonde Papagayo, le maire et le président de l'Association « Changeons la ville » accueillent en même temps le préfet Latran, somptueux dans un costume noir, cravate verte imprimée de scarabées d'or, pochette assortie en soie verte, suivi de son épouse, l'intransigeante Solange, moulée dans une robe excentrique de mousseline vert d'eau, avec de grandes lianes en raphia tressé, glissant sur le sol, derrière elle, comme une longue traîne. La voluptueuse amie laisse entrevoir une partie de son corps, faussement caché sous un manteau de feuilles de caoutchoutiers. Des flots de rubans sont noués à ses poignets, reliés à des bracelets d'or.

Pour être original, c'est original, pense leur hôtesse. L'épouse du préfet prend des risques. Elle ose ! Cette élégance, une révolution ! Le préfet Latran permet une telle toilette parce qu'il prend sa retraite début septembre, carrière accomplie. Il est très fier de la beauté de sa femme. Il ignore complètement que bon nombre de ses amants seront là pour l'admirer. Elle se sait croqueuse d'hommes, perverse. Elle n'hésitera pas à attirer un partenaire derrière un bosquet pour se faire caresser le sexe, tout en le branlant. Elle lâche un rire de gorge.

Demain, on parlera d'elle méchamment dans les salons des préfectures. Les langues iront bon train ! Raymonde Papagayo entend déjà les commentaires. Loin derrière eux arrivent d'autres personnalités. On peut remarquer monsieur Lafrêche, le propriétaire de la nouvelle usine de sardines, employant dans la région trois cents personnes, et sa femme Francine. Tous deux reconnaissables à leurs silhouettes replètes, jumeaux assortis dans leurs tenues d'indiens d'Amazonie, tenant de grandes sagaies qui les gênent pour marcher. Ils ont dû faire des recherches à la Maison d'Amérique latine à Paris. Chercher les costumes leur permettra peut-être un rapprochement avec les populations indiennes en leur ouvrant de nouveaux marchés ! Ils sont comblés par les applaudissements. Comme quoi on peut être autodidacte et acquérir de la culture. Question de volonté et de finesse.

Ils soupirent d'aise en reconnaissant leurs bons amis, Lafalange, Gontrane et Robert. Ils se sont rencontrés à un déjeuner de la Jeune Chambre Économique de Vannes, voilà bientôt dix ans. Ils en ont parcouru du chemin ! L'un dans le poisson, l'autre dans la crêpe dentelle et le far breton. À la vue de leurs réussites, les envieux ont surgi à l'horizon. Ils sont de toutes les fêtes. Malins, ils savent plaire, s'adaptant à toutes les situations, n'hésitant pas à envoyer quelques caisses de leurs productions, s'ils le jugent nécessaire, pour des tombolas, des fêtes paroissiales, la mairie, les cocktails pour enfants nécessiteux.

Chez eux, rien n'est gratuit, utilisant la fatuité humaine pour servir leurs profits. Ces deux « Grands Hommes » sont reconnaissants à leurs épouses d'avoir contribué activement à leur succès. Elles ont mis en place des réseaux d'information bien organisés pour les abreuver en cancans et commérages en tous genres des meilleurs crus, au bénéfice de leurs stratégies commerciales. Cela a fonctionné. Tous les quatre sont performants dans l'exploitation de leurs affaires…

Il est environ vingt-trois heures et la fête est réussie. On veut coûte que coûte oublier le terrorisme planétaire, l'horreur de la torture, le manque de tact d'un assassin, et la disparition d'Anne-Laure Beaufils. Mieux vaut se taire en parlant d'autre chose. Les invités rient, dansent des salsas, des zouks endiablés ou se rapprochent avec des romances langoureuses indémodables.

Dans la foule bigarrée, on peut reconnaître le célèbre peintre Jérôme Lavera, vêtu d'un grand boubou africain décoré du portrait d'un président. Sur sa tête, en guise de couvre-chef, une couronne de bambous tressés. Il a fière allure, tenant dans sa grosse main baguée d'or un sceptre fait de corps entrelacés en bronze. Sa tenue excentrique et son volume retiennent les regards. On sait déjà qu'il donnera un gros chèque ! Sa dernière exposition a fait couler beaucoup d'encre, non seulement à Paris, mais aussi à Berlin où les frasques avant-gardistes sont toujours les bienvenues dans le domaine de l'art.

La vue de ce peintre déplaît fortement à Joachim Bourghuibus qui vient d'arriver. Il persuade le grand artiste de rester dans le parc, plutôt que de s'enfermer à l'intérieur de la maison. Il a ses raisons. Inutile de montrer au tout-venant la collection de toiles de son amie Raymonde, il fait barrage. Raymonde se sent frustrée, ne comprenant pas l'attitude de Joachim. Pourquoi ne pas exposer aux regards de ses connaissances les tableaux qui lui ont coûté une fortune ? Encore une bizarrerie de son ami. Elle ne souhaite pas se brouiller avec lui ce soir. Pourtant la grande toile de l'escalier mérite le détour. Elle attendra que la soirée soit avancée pour l'offrir à la vue de ses intimes...

La soirée bat son plein, les plateaux de verres de champagne, les petits fours circulent sans discontinuer, permettant au petit personnel de maison de suivre les conversations badines.

Moi, Roselyne Kerlec, en servant j'écoute aux portes, tout en me déplaçant avec le plateau chargé d'amuse-gueules. J'ai pu reconnaître quelques invités à leurs causeries et à leurs voix depuis le temps qu'ils viennent ici ! Je suis certaine de ne pas me tromper de beaucoup ! J'ai de bonnes oreilles, je crois que j'ai entendu des avis sur le meurtre. Mais chut. Elle s'éloigne lentement.

Je glisse, invisible pour tous, à leurs yeux je ne suis qu'une domestique. Ah ! Ces bonnes femmes qui se croient... Si elles savaient ce qui se passe ici, quand la maison est pleine de leurs maris, elles feraient moins les fières, dame !

On en parle entre nous à la cuisine, on en rigole beaucoup de leurs grands airs. Entre femmes, ne soyons pas méchantes ! Les femmes sont bien meilleures que les hommes, mais pas toutes. Elles sont plus malines. Dans ces milieux, y a qu' les maris qui croient à la fidélité de leurs régulières. Heureusement, y a des femmes honnêtes. Moi, par exemple...

Reine des réceptions de l'été Raymonde Papagayo circule d'ami en ami. Elle connaît les secrets de chacun, leurs visages hypocrites. Les expériences passées de sa jeunesse l'ont débarrassée de ses illusions.

Repérant dans la foule le docteur Saladin en grande conversation avec Philippine La Tour Pauillac, elle est surprise.

N'a-t-elle pas entendu dire que cette dernière fréquente assidûment le cabinet du docteur ? Pourquoi a-t-elle besoin de lui régulièrement ? À ses yeux, c'est louche. Rencontrant souvent Philippine au golf, rien n'a été évoqué, pourtant elle pense faire partie de son cercle restreint de confidentes. Pas un seul instant elle n'imaginerait que cette dernière ait des problèmes. À moins qu'il y ait anguille sous roche, pense-t-elle, on ne sait jamais ce qui se trame avec les femmes ! Une telle pensée la fait sourire, comme tout être humain piqué au vif par le démon de la curiosité.

Elle continue son chemin, échangeant un mot avec l'un ou l'autre, se faisant arrêter par ses galants amis. Avant de s'engager dans le parc, elle entrevoit Joachim Bourghuibus, Lafrêche et Lafalange pendus à chacun de ses bras, riant tous deux aux propos de leur ami volubile. Quelques paroles viennent jusqu'à elle :

— Mes amis, dès que vous en aurez le temps, venez donc à mon bureau voir mes dernières acquisitions de tableaux. Je me suis laissé dire que vous et vos épouses appréciez l'art ?

— Tout à fait, mon cher ! répond une voix.

— Vous serez surpris par quelques belles pièces. J'en profiterai pour vous expliquer les avantages de placements très juteux et nouveaux, depuis la naissance de l'euro…

Assurément, se dit-elle en s'éloignant, il ne perd pas son temps. Elle se sent rassurée à cause de leurs affaires. C'était encourageant d'avoir à ses côtés un homme dynamique aimant son métier.

Le parc est magnifique. Des éclairages verdâtres permettent de se sentir dépaysé. Dernière innovation : on projette sur la façade de la longère des courts-métrages sur la vie des cinq dernières tribus Nukaks à sauver de la disparition dans la forêt amazonienne.

Plus loin, de grands feux laissent traîner leurs longues langues safran et vermeil vers le bleuté de la nuit étoilée. De nombreuses zones d'ombres envahissent le parc transformé par cette jungle d'un soir.

Les femmes se promènent, décolletées, laissant les regards masculins glisser sur leurs épaules puis plonger à la naissance de leurs seins, emportés par leurs fantasmes. Elles avancent, fantasmagoriques, leurs corps maquillés et parés pour les danses sacrées…

Raymonde glisse d'un endroit à l'autre, soucieuse du bien-être de ses amis.

C'est souriante et gaie qu'elle rejoint un petit groupe d'hommes au buffet. Tous bavardent joyeusement.

Le marquis La Tour Pauillac, apercevant le préfet Latran seul, quitte le groupe. Il se précipite vers le représentant de l'État, marchant sur la pointe des pieds, se donnant la légèreté d'un vieux coq de bruyère déplumé, le corps raide, engoncé dans son costume de capitaine Cook. Arrivé devant le préfet, il prend une pose avantageuse, dodelinant de la tête gracieusement en pointant le nez et le menton vers son interlocuteur. Il s'adresse à lui de sa voix de fausset :

— Dites-moi, Monsieur le Préfet, je me suis laissé glisser dans l'oreille que votre gendarmerie était sur le pied de guerre, à propos du meurtre, et aussi de la disparition d'Anne-Laure Beaufils. J'imagine que les trafics de drogues, vols de bijoux et d'objets d'art font partie de la même histoire ? J'espère que vos équipes travailleront d'arrache-pied pour démanteler les réseaux. Pensez au Festival qui commence. Si je me permets ces indiscrétions, mon cher préfet, c'est pour rassurer mon entourage, beaucoup de nos relations vont arriver sur nos terres. Cela inquiète toujours de savoir qu'il se passe quelque chose d'effrayant à proximité de sa porte, si je puis m'exprimer ainsi. Pouvez-vous me tranquilliser ?

Le marquis appuie sur la fin de sa phrase, fixant de son regard bleu acier les yeux du préfet, essayant d'y déchiffrer les sentiments de ce dernier. Impassible après ce long discours, le préfet Latran, se sachant observé, ne laisse rien transparaître de ses préoccupations et regarde son vis-à-vis avec sympathie. Il lui tapote amicalement l'épaule, lui adresse un léger sourire puis, d'un geste souple, pose sa longue main ivoirine aux ongles légèrement bleutés sur le bras du marquis, en murmurant :

— Marquis, comme vous venez de me le faire remarquer, les bruits évoqués ne sont que des rumeurs. Croyez bien, cher ami, que si l'entourage de mes amis se trouvait en danger, je serais le premier à le savoir. Je tiens à vous affirmer que les « on-dit » sont de l'intoxication. Il marque un temps d'arrêt, fait mine de regarder au fond du parc. Excusez-moi, Marquis, reprend-il finement, je dois vous laisser quelques minutes si vous n'y voyez pas d'inconvénient. J'aperçois ma femme qui me cherche.

Le préfet Latran saisit ce faux prétexte pour s'éloigner rapidement des questions indiscrètes. Il disparaît.

Le marquis met quelques secondes à réagir. Furieux d'être ainsi évincé aussi cavalièrement, vexé, bouche bée, il regarde, pétrifié, le préfet se fondre dans les allées du parc.

Vraiment, il me prend pour un imbécile. Il oublie ma fonction au Quai d'Orsay. Mes responsabilités m'ont appris à interpréter les jeux diplomatiques.

De nos jours, on ne peut plus se fier à personne, se rassure-t-il en caressant discrètement son revolver 7/65 PPK glissé dans la poche de sa saharienne.

L'aparté, quoique court, n'a pas échappé au général de Bélygérance. À l'insu de tous, il a échangé un long regard avec le préfet, bien qu'en compagnie de son camarade le colonel Arthur

Isambour. La discrétion est une règle absolue pour eux. Ils en ont vécu des atrocités au Kosovo, en Irak, au Mali. Le général se retourne vers son compagnon, s'adressant à lui :

— Alors colonel, vous trinquez avec moi, à notre belle Raymonde que je vois approcher pour nous rejoindre ! Quelle femme !

— Bonne idée, général ! Buvons à notre hôtesse, et à la femme ! Santé !

D'un accord parfait, gaiement, ils lèvent leurs verres en clignant des yeux, complices. Raymonde Papagayo, ravie et éblouissante, retrouve avec entrain le groupe de ses admirateurs qui apprécient une telle amie.

Chacun lui est redevable d'un plaisir ou d'un service. Pour eux, elle est leur jardin secret, mettant du piment dans le quotidien d'une vie conjugale monotone. Tous lui manifestent leur reconnaissance.

Après avoir ri de plaisir devant leur gentillesse, Raymonde leur annonce que le souper va être servi. Ils se séparent pour aller rejoindre leurs épouses.

C'est à ce moment précis, au son des tam-tams qui se mettent à rouler, qu'apparaît le barde Assurancetourix, suivi de deux Indiens d'Amazonie, portant une pancarte où l'on peut lire « Les Bretons aiment l'Amazonie ». Viennent ensuite Astérix et Abraracourcix, aidés par des Indiens et portant une pirogue dans laquelle se tient assise Rose de Linas.

Le cortège avance lentement aux sons des binious, pour ne pas faire chavirer la précieuse cargaison. Une Rose royale et mystérieuse, posée sur un lit de feuilles et de peaux, souriante sous une couronne de fleurs de rhododendrons. Le haut de son corps laisse entrevoir une demi-nudité, enveloppée de tissus soyeux transparents. Rayonnante, elle sourit aux invités médusés.

C'est osé ! Il n'y a que Rose pour prendre de tels risques. Grand silence, chacun balançant entre le compliment et la vacherie, observant son voisin pour voir ses réactions. Un rire joyeux fuse, accompagné d'applaudissements. Alors tout le monde se permet d'éclater de rire. Astérix chez les Bretons, oui, mais en Amazonie, l'histoire n'était pas encore écrite !

Rose de Linas est éblouissante d'originalité et de générosité, comme toujours.

Raymonde est furieuse de cette arrivée tapageuse et très remarquée. Elle s'éclipse un moment pour cacher son dépit. Cette Rose a le don de la mettre hors d'elle. À toutes les manifestations mondaines où Rose se trouve, elle s'abstient d'être prise dans son sillage, n'ayant rien de commun avec cette scandaleuse évaporée qui reçoit tant d'hommages. Raymonde, revenue de sa surprise rageuse, réapparaît souriante, complimentant Rose ; ses audaces contribueront à la réussite de la soirée.

Raymonde Papagayo reprend habilement les rênes de la fête. Il est temps de boire. À l'invitation de la maîtresse de maison les invités se précipitent sous une paillote où se tiennent les serveurs à demi nus et les boissons.

Raymonde Papagayo sait recevoir. Les buffets sont somptueux, variés : whisky, sans glace, champagne et surtout le punch ! Plus qu'assoiffé, on a soif ! Agrémentés de saucisses de cocktail, sandwichs de saumon, canapés de foie gras, petits soufflets, croquants, amuse-gueules chauds…

Elle ne rechigne devant aucun sacrifice, elle veut que tout le monde soit gai.

Vingt-trois heures.

La maîtresse de maison appelle ses convives à la rejoindre sous de grandes huttes en bambous dressées pour cette occasion. Ce soir, on pourra dîner ici ou à l'intérieur de la maison.

Tous préfèrent la première solution, l'extérieur. Raymonde a prévu cette éventualité. Après la remise à chacun d'une enveloppe cachetée au nom de sa table, chacun se précipite vers l'endroit assigné. Chaque table porte un nom de fruit, Noix de Coco, Goyaves, Bananes, Kaki.

Que de surprises sur la table ! Tout d'abord un appareil photo, bougies, nappes et serviettes dans des camaïeux de verts. Un petit cadeau est disposé sur chaque assiette, bracelets de verroterie pour les femmes, colliers de fleurs pour leurs partenaires. Une bombe pour tuer les moustiques !

Les convives, surpris, s'agitent, s'interpellent en faisant de bons mots.

Tout en prenant place, ils photographient leurs souvenirs. L'ambiance est joyeuse.

Élégante, Raymonde Papagayo passe de table en table, encourageant chacun, soucieuse de leurs plaisirs. D'un mot, elle invite ses convives à se diriger vers le buffet.

CLIC, CLAC, les flashes fusent !

Quel buffet ! À gauche, une corne d'abondance d'où s'échappent petits roulés de jambon, mini-boudins truffés, boudins noirs pimentés, porcs-épics farcis aux raisins. À droite, se dresse un serpent mamba de Jameson, dont la gueule ouverte est remplie de jambon et de melons, d'ananas, de mangues, de fruits inconnus disposés harmonieusement.

Tous se regardent, médusés, ravis et surpris, salivant à l'idée d'entamer ces nourritures exotiques.

Raymonde Papagayo s'avance riante, charmante, demandant le silence :

— Chers amis, je vous remercie d'être tous ici présents ce soir et d'avoir répondu à notre invitation. Nous sommes à quelques heures du lancement du premier festival de notre région, qui sera inauguré par la ministre de l'Environnement et du Tourisme. Madame Lebihan, secrétaire d'État, la représente ce soir.

Ayons aussi une pensée amicale pour Anne-Laure Beaufils, à qui nous devons l'idée de cette manifestation internationale, qui, nous en sommes sûrs, sera un succès.

Tous applaudissent chaleureusement. Acclamations enthousiastes et rires joyeux éclatent çà et là. Reprenant la parole :

— Une minute encore, au dessert nous accueillerons le grand écrivain Laloipibopt, Prix Nobel de littérature, qui par sa culture défend les Indiens Nukaks. Indien d'Amazonie lui-même, il nous fait le grand honneur d'être parmi nous. Il nous présentera son livre et vous le dédicacera. Je vous encourage à le lire, vous comprendrez mieux la soirée d'aujourd'hui. Je vous en donne le titre : « L'évolution de la pensée contemporaine sur le fleuve Amazone ». Je compte sur vous tous pour lui réserver un accueil digne de son immense talent et de sa cause. J'en profite aussi pour vous rappeler notre grande tombola. Le gagnant se verra offrir un voyage sur la Canopée de la forêt amazonienne.

Mes chers amis, je vous sais généreux, aussi je compte sur vous…

Raymonde, debout près du buffet, s'empare d'une assiette de porcelaine sous les applaudissements de ses convives, et commence à servir ses invités d'honneur, dont Madame Lebihan.

Le ton est donné, tous se précipitent. Les bouches enfournent, goûtent, dégustent, font la moue ou sourient. Certains se lèchent les lèvres ou les doigts, envoûtés par les sons des tam-tams. La magie opère, on se sent ailleurs. Le vin coule. On boit sans faire la différence entre un champagne et un verre de cidre brut. N'est-on pas là pour faire la fête en signant de gros chèques ?

Une musique sud-américaine commence à envahir l'espace. Les couples se forment, d'autres s'enfoncent discrètement par deux dans le parc, d'autres restent assis autour des tables, bavardant et riant. C'est dans cette ambiance heureuse et sereine que, soudain, de longs cris de terreur perçants viennent déchirer la douce quiétude de la nuit.

L'orchestre se fige, les danseurs s'immobilisent. Certains se redressent en faisant tomber leurs chaises sous la surprise, rapidement debout, essayant de repérer d'où viennent les hurlements. Par instinct, sur-le-champ, des invités se précipitent vers l'intérieur de la maison. Ils ont localisé les appels. Certains déduisent que les cris stridents viennent du premier étage, dont les fenêtres sont restées ouvertes et ils se précipitent vers l'escalier. Un linceul glacé de silence s'abat soudain sur la fête.

Aux premiers cris déchirants, Raymonde Papagayo s'est précipitée vers sa demeure, mettant quelques minutes pour y arriver. Au moment où elle entre dans le hall de la maison, elle voit apparaître en haut de l'escalier le docteur Saladin. Il porte dans ses bras, évanouie, Rose de Linas en très triste état, à demi étranglée, violette, échevelée, hagarde. Dépoitraillée, la plupart de ses vêtements sont arrachés, déchirés.

Encore elle ! ne peut-elle s'empêcher de penser malgré toute sa colère et sa compassion. Il ne manquait plus que ça, en pleine soirée.

Reprenant ses esprits, se retournant vers l'orchestre, elle lui intime l'ordre de jouer en montant le son des amplis. La fête doit retrouver sa gaieté. Pas question de laisser les invités approcher Rose ou quitter les lieux. Il est urgent de faire diversion en étouffant le scandale d'une façon efficace. Instinctivement, elle cherche quelqu'un du regard. Il est accroché par celui de Joachim Bourghuibus. Ce dernier saisit la situation et vient à son secours, usant de leur complicité et de son savoir-faire.

— Allons, les amis, ce n'est rien ! Champagne pour tout le monde ! Rendez-vous tous au fond du parc où notre charmante Raymonde nous a préparé une surprise.

Devant cette proposition alléchante, la curiosité de chacun est aiguisée, et, la mémoire courte, tous se précipitent en se bousculant au fond du parc. Ils y découvrent qu'un feu d'artifice va être tiré, leur dévoilant les secrets du port de la ville.

Pendant que la plupart des invités suivent en riant Joachim Bourghuibus, Raymonde Papagayo furieuse doit faire face à la situation. Elle s'adresse fermement au docteur Saladin en lui donnant des ordres :

— Cher ami, déposez Rose dans le grand salon sur le canapé en cuir. Mireille, mettez-lui un coussin sous la tête. Puis, se retournant vers la vestiaire d'un soir :

— Vous, Hélène, allez à l'office, rapportez de la glace, en passant dites au maître d'hôtel d'apporter un double whisky pour mademoiselle Rose, et prenez une couverture, elle ne doit pas avoir froid.

Raymonde Papagayo, d'une voix sûre fait sortir du salon tous les invités inutiles. À ceux qui restent, elle recommande le silence. Si un maniaque est dans ses murs, mieux vaut éviter le scandale chez elle. Elle espère intérieurement que le préfet et le maire lui viendront en aide.

Comment ? Elle frissonne d'inquiétude.

De leur côté, les intimes, catastrophés, restent autour de Rose. Ils l'observent tandis qu'elle reprend ses esprits, spectateurs muets la regardant souffrir. Rose ouvre enfin les yeux, effrayée. Voyant ses amis et connaissances penchés sur elle, elle fait l'effort surhumain de leur sourire. Mais c'est plus une grimace qui laisse entrevoir la peur et la détresse.

Les questions autour d'elle se font plus pressantes. Ils parlent tous à la fois :

— Rose, pourquoi êtes-vous montée au premier étage ?

— Rose, comment se fait-il que vous ayez suivi quelqu'un, le connaissez-vous, Rose ?

— Rose, l'aviez-vous déjà rencontré ? Nous savons que dans une soirée tout peut arriver, et que des inconnus peuvent s'infiltrer, mais enfin Rose, vous avez manqué de prudence !

— Rose, vous savez combien je vous adore, lui dit un admirateur, qu'a bien pu vous raconter cette personne pour que vous la suiviez ainsi, sans réfléchir ?

— Personnellement, dit un autre, je ne comprends pas la légèreté de Rose, ni son imprudence. Avec un peu de jugeote, on reconnaît à peu près qui se cache sous un déguisement, qu'en pensez-vous ?

Un long silence fait écho à ces réflexions. Chacun s'interroge sur les excentricités de leur amie. N'a-t-on pas toujours tout pardonné à Rose ? Est-ce sa gentillesse, sa spontanéité, sa gaieté ? D'avis unanime, nul ne peut en vouloir à Rose...

Muette, elle les regarde. Personne ici ne connaît la précédente agression qu'elle a subie quelques jours auparavant. Comment peut-elle l'évoquer ? Comment leur révéler la vérité ? Ils sont tous bien gentils, mais ils ne comprendraient pas un instant son point de vue et en profiteraient pour lui faire la morale ou pression sur elle pour qu'elle prenne contact avec la police.

Impossible de faire ça à Raymonde ! Cela mettrait sa soirée par terre, et la compromettrait en plein festival. Elle trouve son raisonnement judicieux et décide de se taire.

Elle poussa un long soupir de souffrance morale et physique. Prenant la parole avec difficulté, elle a subitement conscience que cette voix croassante qu'elle entend est la sienne. Levant la main pour demander le silence :

— Mes amis, merci d'être venus à mon secours. Je lis dans vos regards l'inquiétude, l'interrogation. Je ne saurais vous dire qui m'a agressée. J'ai à peine entrevu un visage blafard, celui d'un Alien ? Corps vert et brillant, mains noires, enveloppé dans un burnous. Je n'ai pu voir que des yeux sombres, haineux. Pourtant, j'ai ressenti la violence de cette personne, senti son odeur sauvage de transpiration, entendu sa voix rauque, cassée, étouffée, transformée, je reconnaîtrai la voix entre mille.

Au fond d'elle-même, elle ne se sent pas capable d'avouer pourquoi elle l'a suivi, comme la première fois. Sa sensualité la rend vulnérable par son manque de discernement. Elle vit à l'instinct. Et, tournant la tête vers Raymonde :

— Voulez-vous me pardonner Raymonde ?

Dans le même temps, elle se recroqueville, les genoux serrés remontés vers sa poitrine, tendant la main à Saladin, comme pour solliciter son secours. Continuant à s'adresser à son hôtesse :

— Je suis terriblement bouleversée de mettre votre soirée en danger en me donnant en spectacle. D'ailleurs, je vais mieux, n'est-ce pas docteur ? Je vais reprendre des forces puis disparaître de la soirée. Je me suis assez exhibée contre ma volonté, croyez le bien. Je vais retourner chez moi. Elle fait mine de se lever avec effort, la tête lui tourne, elle titube, rattrapée au vol par la fidèle Hélène.

— Restez tranquille, Mademoiselle, rien ne presse…

— Rose, vous n'êtes pas en état de partir, dit Saladin fermement en regardant les traces violettes et noires laissées sur le cou de Rose par son agresseur, et le tissu déchiré de ses vêtements. Raymonde ne verra pas d'inconvénient à vous installer quelques heures dans une chambre, le temps pour vous de retrouver votre souffle et mettre de l'ordre dans votre esprit. Enveloppez-vous dans ce châle, il vous habillera. Vous ne pouvez nous quitter ainsi. Qu'en pensez-vous, Raymonde ?

Charmeur, il lui adresse un grand sourire pour la convaincre, la fixant droit dans les yeux. Il ne pourra y avoir de dérobade.

Interpellée, cette dernière répond doucement :

— Notre ami Saladin a raison, restez Rose. On va vous installer dans la chambre verte en laissant auprès de vous le docteur Saladin, si cela ne le dérange pas et ma fidèle Hélène Patin, qui je le sais vous aime beaucoup. N'est-ce pas Hélène ?

Saladin acquiesce silencieusement tout en se penchant vers Rose. Hélène répond :

— Oui, Madame, j'aime beaucoup mademoiselle Rose.

— Bien, les choses étant réglées, ne vous sauvez pas, Rose, vous êtes plus en sécurité ici que nulle part ailleurs. Venez, mes amis, allons rejoindre les autres, Rose a besoin de calme et de repos.

Après s'être penchée sur Rose et lui avoir caressé le front, elle sort du salon, suivie de son aréopage. En la quittant, Raymonde est plutôt satisfaite de l'allure prise par les événements. Ne lui a-t-il pas fallu une grande maîtrise pour ne pas se laisser aller à la peur du scandale ? Elle en frissonne de rage, tout en se dirigeant vers le fond du parc, suivie de ses invités.

Ne rien laisser paraître est sa devise ! C'est souriante et enjouée qu'elle s'approche de ses autres relations.

De loin, Joachim Bourghuibus la regarde arriver. Vraiment, pense-t-il admiratif, elle a du chien et grande allure. Au cours du temps, il a appris à l'apprécier, la guidant dans ses choix artistiques, ses toilettes chez les grands couturiers. Il a su lui plaire, remplissant les heures de solitude de « sa grande amie » et les siennes.

Ces réflexions ne l'empêchent pas de devoir faire barrage à une soudaine forme d'angoisse envahissante. Depuis plusieurs jours, contrairement à son habitude, ce sentiment le tourmente. Il a essayé de comprendre la raison de son anxiété, en vain. Résigné, mais perturbé, il attribue son mal-être aux interférences de la bourse. Malgré ses raisonnements, petit à petit, il se sent encerclé. Il pense à l'assassinat du grand pont. De lointains souvenirs douloureux font surface. L'image de son père au moment où il n'y pensait plus. Que va découvrir la capitaine ? Il se met à transpirer. La vie lui a appris à être très méfiant. Chacun a sa part d'ombre, lui c'est le sexe. Cette dichromie de son existence lui donne une vision souterraine du monde, différente de celle de son entourage. Il n'a plus d'illusions. .

8 PRÉSENTATION PRINTEMPS-ÉTÉ 2025 COLLECTION D'ADRIANA PITELBERG

Les ateliers de haute couture sont en ébullition. Il ne reste que quelques heures avant la présentation de la collection printemps-été 2025 de ma jeune maison de couture. Les stylistes et couturières ajustent les tissus soyeux sur les mannequins, vérifient les tombés des robes du soir chamoisées et la robe virginale de la mariée, clou final de ma collection. Les tulles vaporeux, les mousselines chatoyantes, les cotons colorés des vestes et capes, les pantalons flous avec leurs zips pratiques sont parfaits. Sans oublier les accessoires.

Rien ne doit être laissé au hasard pour créer le chic parisien. Édouard et Mary, mes stylistes, ont mobilisé leurs talents pour signer l'élégance de cet événement parisien. C'est pourquoi une dernière fois je les regarde vérifier les vêtements que doivent présenter les mannequins avec zips, aimants, scratchs. Modèles faciles à enlever et à remettre quand on est dans un fauteuil roulant. Des toilettes élégantes aux lignes simples, pour une clientèle spécifique qui souhaite être en beauté quand elle sort et aux moments importants de sa vie. Le monde de la mode, journalistes, photographes, a les dents longues. Pour cette première inédite en « particularité mondiale » les connaisseurs et critiques ne seront pas tendres.

L'auditorium de « La Villette », réservé pour moi, est magnifiquement mis en valeur par la fondation Y.S.L.[4] Le parking est proche pour certains invités. Se battre contre les préjugés a été nécessaire durant des décennies. C'est le grand jour, ma première collection printemps-été 2025 de « *la Route pour Soi* » va dérouler son histoire. Il est temps de démontrer que la réussite est accessible à tous si l'on vainc les obstacles et croit en la vie. C'est parti. Sur la porte de ma loge un post-it : « Adriana Pilteberg ».

Le cœur battant, fébrile, derrière la porte j'entends les crépitements des applaudissements de la salle de concert au passage des mannequins. Chaque prototype je l'ai pensé, dessiné, créé. Que d'émotions pour moi qui ai eu le courage et le culot d' affronter les tabous de la haute couture pour fonder ma propre maison[5]. Assise dans mon fauteuil, immobile, les mains glacées, je compte les modèles qui défilent, j' en suis à vingt-huit. À trente c'est moi qui apparais sur le podium. Dans dix minutes je serai sur le tapis rouge pour présenter le chef-d'œuvre de ma collection. Inquiète, je me regarde dans le miroir psyché en face de moi. Je m'aperçois sans me voir, mon esprit est ailleurs. Avant de rentrer dans la lumière, je préfère rendre hommage à mes parents et médecins qui m'ont accompagnée depuis mon enfance, aux professeurs et thérapeutes qui m'ont aidée à vaincre peurs et

---

[4]   Yves Saint Laurent

[5]   histoire vraie ,Tommy Hilfiger 2013 à travers l'handicap

angoisses. Éliminées les années d'études douloureuses où j'ai subi les regards des autres avec leurs méchancetés et moqueries. Il m'a fallu dépasser mes blocages. Mon caractère joyeux, optimiste, courageux a été mon meilleur allié le long de mon existence. Je n'ai pas fléchi. En route pour les beaux arts et l'école de la Haute Couture française j'ai beaucoup travaillé. De fils en aiguilles, ciseaux, patrons, papiers et toiles sur tissus, j'ai suivi mon projet de création. Pour accompagner mon projet j'ai été aidée par des associations et de généreux mécènes.

Plus que quelques minutes. Édouard et Mary m'aident à enfiler la longue robe de mariée vaporeuse qui cache mes jambes et mes pieds. Puis ils déposent sur mes cheveux noirs un diadème de fleurs d'oranger avec son voile mousseux retombant sur mes épaules habillées de guipure en dentelle chantilly. Devant les yeux éblouis de mes amies, encouragée par elles je contemple mon image dans la glace. Je suis magnifique, nimbée de blanc. Mes yeux de velours paraissent plus noirs, faits de braises brûlantes. J'en oublie ce nez que j'aimerais voir sculpté par le bistouri d'un chirurgien esthétique. L'heure est venue, le défilé se clôt par la robe de mariée. Mon fauteuil, sous les nuages de tulle, avance, accompagné des applaudissements et des ovations. La mannequine australienne trisomique Madeleine Stuart me pousse. Elle est habillée d'une robe aux teintes ensoleillées, au décolleté vertigineux. Le défilé se termine autour de moi et des jeunes mannequins qui gèrent leurs handicaps.

Le succès est au rendez-vous. Les appareils de photo crépitent, les journalistes cherchent à connaître mon parcours. La première collection mondiale pour handicapées, « *la Route pour Soi* », existe enfin !

Qui, il y a vingt-cinq ans, aurait cru en la réussite de la petite fille mal fagotée et craintive en fauteuil roulant ? Mes parents et mes amis ont accompagné mon parcours et m'ont toujours soutenue.

Dans la salle, debout, j'aperçois mon confident qui est venu m'applaudir avec tous ses amis.

— Qui est ce jeune homme qui t'applaudit à tout rompre, il est super craquant, tu pourrais me le présenter, me dit une mannequin.

Étonnée par cette franchise un peu « hard », je la regarde avec d'autres yeux. Qu'a-t-elle de plus que moi ?

Pour ne pas me laisser envahir par l'angoisse de l'incertitude propre aux femmes, j'interpelle un photographe qui me bombarde de flashs au point que je regrette de ne pas avoir de lunettes. Je suis clouée dans mon fauteuil en attendant que l'on vienne me pousser hors du podium.

— Hello darling, me dit une voix que je connais bien. Tu as eu tous les médias à tes pieds, dont « Vogue » et la presse étrangère. Tu es couverte de fleurs et d'éloges !

Édouard et Mary regardent ce bel athlète en s'interrogeant :

— Si cette personne te dérange, nous pouvons la virer, qu'en penses-tu Adriana ?

Tout de suite leurs paroles sont coupées par l'inconnu tout sourire. Il sait plaire et sans attendre prend la parole :

— Permettez- moi de me présenter, je suis Donald Trump, ami de cœur d'Adriana.

— Donald Trump le comédien ? Ce dernier hoche la tête pour acquiescer. Vous êtes éblouissant dans « Le Roi Lear », dit Mary. Comment l'as-tu connu Adriana ?

Tous se tournent vers elle, qui est ravissante dans sa robe de mariée et sous sa couronne de fleurs d'oranger.

— Chut, Adriana. Laisse-moi le plaisir d'annoncer que nous nous sommes rencontrés en faisant la queue au Louvre. Pour combler votre curiosité légitime, nous allons nous marier.

— Tout est accompli, j'ai déjà la robe porte-bonheur ! Adriana, rayonnante, applaudit.

Arrive un couple élégant qu' Adriana et Donald reconnaissent à peine. Pour fêter le mariage de leur fils, Donald senior et Daisy ont choisi de rentrer dans la réalité. Plus besoin de se cacher derrière des oripeaux, ils ont un fils grand comédien et vont avoir une belle-fille créatrice de collections dans le monde de la haute couture française.

9 WEEK-END MOUVEMENTÉÀ LA RECHERCHE DE L' AMOUR

J'ai trente-cinq ans, ma carrière est établie. Il est temps que je pense à la fécondation de mes ovaires. Quitter les réseaux sociaux pour trouver l'homme de ma vie. Changer mes habitudes en fréquentant les afterworks, les soirées networkings, les brunchs chics et les vernissages des galeries d'art. Une nuit d'insomnie, obsédée par la peur de rester « sur le carreau », j'ai interrogé mes astrologues fétiches sur Internet.

— Suzy, me dirent-ils à l'unanimité, vous allez faire de belles rencontres. Pour les sentiments nous voyons pour vous un face-à-face inattendu avec un homme à l'allure athlétique, en lien avec l'État ou en relation avec l' international. Dans la même période nous apercevons une « ombre » à vos côtés. Nous ne pouvons savoir si c'est un homme ou une femme. Cette personne vous sera précieuse. Ces prédictions onéreuses et positives m'apporteront-elles le grand amour puisque les oracles ont parlé ?

Adémar décide de rejoindre la place des Vosges pour retrouver son amie Françoise de Ux et sa galerie d'art. Elle offre ce soir un vernissage « people » pour lancer l'un de ses poulains. Après avoir salué quelques connaissances et bu une flûte de champagne, Adémar entreprend de circuler autour des sculptures. Banal, déplore-t-il en soupirant. Je regrette de m'être déplacé...

Après cette juste réflexion son regard est attiré par une petite femme haute comme trois pommes en robe-fourreau rouge et noire très court. L'air romantique, un fin visage dévoré par de grands yeux noirs soulignés de khôl l'attendrit. Connaissant bien la gent féminine il devine que pour allonger sa silhouette, la coquette jeune femme s'est juchée sur des chaussures à très hauts talons. Il admire ses jolies jambes bronzées et ses chevilles fines dont l'une est cerclée d'une chaînette d'or. Adémar est dérouté par l'audace de cette toilette si éloignée de la sagesse bourgeoise. Troublé par le diamant de sa narine gauche il va à sa rencontre.

— Bonsoir, je vois que vous détaillez ces sculptures. Êtes-vous collectionneuse ? Aimez-vous ces œuvres ? dit-il de sa voix de velours en plongeant son regard océan dans les yeux sombres de la jeune sirène portant des anneaux créoles suspendus à ses petites oreilles.

— Quelle horreur ! Pour rien au monde je ne mettrai chez moi une de ces œuvres ! répond-elle souriante, d'une voix étudiée, peu naturelle.

— Quelle merveilleuse franchise, reprend-il en riant. Ici, il n'est pas de bon ton de s'exprimer avec autant d'audace. Votre spontanéité me séduit. Je me présente : Adémar Bois d'Arcy lui dit-il gaiement.

— Je me suis invitée au culot, passant devant la galerie j'ai découvert cette exposition et suis entrée. Je suis Suzy Linkle dit-elle en battant rapidement de ses longs faux cils et le gratifiant d'un sourire enjôleur. Elle le trouve beau à tomber en syncope. Du charme à rendre dingue ses copines. C'est lui l'homme de sa vie, elle le sent. Leurs regards se sont croisés. Sous le coup de l'émotion son ventre frémit et ses jambes se liquéfient. Émue, fascinée par lui elle boit ses paroles. Un oiseau hypnotisé par un chat.

— Nous n'avons rien à faire ici Suzy, vous en conviendrez . Je vous propose un dîner aux chandelles rue des Francs Bourgeois à deux pas. Vous me raconterez votre histoire, qu'en dites-vous ? Passer une soirée à vos côtés sera charmant ! En lui parlant, tout de suite il a senti le trouble de sa partenaire drôle, intelligente peut-être ? Un joli petit lot à déguster avec modération pense-t-il.

— Adémar, vous permettez que j'utilise votre prénom ?

— Rien ne peut me faire plus plaisir.

Elle sent son cœur s'affoler, la chaleur envahir son corps, son sexe. C'est lui son amour, toutes ses émotions le confirment ! Quelle chance de l'avoir rencontré, demain ils vivront ensemble.

Il est plus de minuit quand Adémar dépose Suzy à l'entrée de son immeuble.

— Ma chère Suzy, dit-il chaleureusement, rappelez-vous que demain soir je vous enlève pour passer le week-end ensemble. Dès la première heure je nous réserve deux chambres avec vue sur la mer. Soyez à l'heure chère Suzy j'ai horreur d'attendre.

Suzy après avoir quitté Adémar sur un long baiser est dans tous ses états. Le matin, en préparant son sac de voyage elle décide de déployer tout son charme pour « son homme ». Guêpière, dentelles, nuisette transparente et joujoux. Elle se sait sensuelle et coquine, ses amants peuvent le confirmer. Durant leurs ébats elle dévoilera pour lui tous les secrets d'une petite femme, charmes et coquineries pour le conquérir. Pour consolider ses chances, elle introduit dans son grand sac son livre fétiche : « Dix conseils érotiques sous la main d'une femme pour rendre fou son homme ». Ce genre de livre faisait recette, elle en avait toujours tiré des bénéfices avec ses partenaires.

Elle ne ferme pas l'œil de la nuit, pensant à Adémar. Son corps est tendu comme la corde d'une arbalète. Excitée, pour se calmer elle révise certaines poses du Kamasutra et songe à son vécu de phantasmes, de baisers passionnés et de caresses folles. .

Vingt heures samedi.

Adémar et Suzy arrivent à l'hôtel. Chacun reçoit sa clef au même étage. Suzy est déçue, elle aurait préféré partager sa couche avec son homme...

— Suzy, ma douce amie, je vous laisse vous refaire une beauté. Retrouvons-nous à vingt-et-une heures au restaurant lui dit-il en caressant sa joue tendrement.

— À tout à l'heure Adémar, ce soir je souhaite vous éblouir et vous séduire. Vous n'avez encore rien vu ! Ils se séparent dans de grands éclats de rire.

Vingt-et-une heures.

De la table ronde où il est assis Adémar plisse les yeux pour admirer Suzy qui vient d'apparaître pour le rejoindre. Il est ébloui par son joli maquillage qui met en valeur sa bouche rose en forme de cœur qui, en souriant laisse entrevoir les perles de ses dents. Sa toilette sexy l'émoustille. Il est émerveillé et amoureux.

— Suzy vous êtes magnifique ce soir, dit-il de sa voix chaude au charme envoûtant qui plaît tant aux femmes. Je suis certain que nous allons passer des moments inoubliables. J'ai hâte de vous serrer dans mes bras, de sentir votre parfum. Déjà je vous adore.

— Vous n'êtes pas mal non plus, dit-elle, riant aux éclats en agitant sa jolie tête aux cheveux coupés au carré. C'est vrai qu'il est craquant avec son polo bleu. Il me change des autres mecs rencontrés auparavant. Avec eux toujours la bagatelle, pas de sentiment ! En prenant place face à lui Suzy dépose sur la chaise vide d'à côté son cabas chic, à portée de main.

Sur la table aux mille cristaux les garçons servent des amuse-bouches, verrines, champagne. Les deux amis rient, se découvrent des intérêts communs. Viennent les plats de subsistance.

C'est à ce moment-là qu'Adémar, bouche-bée, voit Suzy sortir du sac comme un magicien sort un lapin de son chapeau, un minuscule chien qu'elle place sur la table à côté de son assiette.

— Je ne vous l'ai pas dit Adémar, je viens d'adopter Pitty, vous allez l'aimer. C'est mon bébé, il a faim dit-elle en couvrant le petit animal de caresses et de baisers. Suzy reporte toute son attention sur le petit animal de salon en oubliant son soupirant.

Adémar est surpris par l'attitude de la jeune femme. S'il a invité Suzy en week-end, il n'a jamais été question de son chien, il en ignorait jusqu'à l'existence. Il est furieux, essaie de se contrôler. En homme courtois, il assiste aux cajoleries d'amour de la belle pour son chien. Il est estomaqué, muet, médusé. Adémar, quoique silencieux ne la quitte pas des yeux, espérant qu'elle posera les siens sur lui. Il lui envoie des signes en sémaphore pour lui rappeler sa présence, en vain...

L'amoureux transi la regarde manger, mâcher lentement une bouchée puis la déposer dans la gueule ouverte d'un Pitty satisfait. Suzy s'amuse avec Pitty, une complicité s'établit . Le bel Adémar est oublié, détrôné au profit du monde animal. Abandonné, il se retrouve en tête-à-tête avec son assiette, ravalant sa rage. À la fin du dîner, après quelques moments de réflexion, il prend la parole d'une voix douce et mielleuse :

— Ma chère Suzy, vous avez bien fait d'adopter Pitty, vous adorez les animaux. Me voilà rassuré pour votre avenir, vous n'êtes plus seule maintenant. Je ne savais comment vous annoncer une information désagréable. À mon grand regret, je dois écourter notre séjour ici. Ne protestez pas, nous avons la vie devant nous ! Nous repartirons demain matin à huit heures. Ne soyez pas déçue, vous avez votre petit toutou pour vous consoler.

Adémar se lève, presse la main de Suzy en y déposant un baiser et quitte la salle du restaurant sans se retourner. Déstabilisée, son chien dans les bras, Suzy le regarde s'éloigner avec étonnement. J'espère que je n'ai rien fait pour lui déplaire se dit-elle en continuant de dîner avec Pitty...

C'est moi Pitty, petit, poilu, court sur pattes, j'ai droit à l'amour. De cet amour inconditionnel auquel tout être censé aspire. Épris je le suis. J'aurais pu détourner les yeux au moment où nos regards se sont croisés dans cette animalerie. Cependant, dans ces yeux qui m'observaient, j'ai décelé une telle détresse que mon cœur s'est embrasé et mes os ont brûlé. Sans contestation je me suis laissé embarquer pour Cythère avec la femme de ma vie pour quinze ans.

Suzy a été franche avec moi. Elle m'a tout raconté. Ses consultations auprès des voyants sur Internet. Je me suis laissé baptiser Pitty par ma belle. Prénom court et dynamique, à mon image !

Entré dans le sillage et l' intimité de Suzy, elle m'informe que le lendemain nous partons en week-end avec son nouvel homme, son coup de foudre. Déçu de ne pas poursuivre notre tête-à-tête je dois accepter de la partager deux jours avec ce rival. Cette information me rend fébrile, je ne suis pas partageur. À malin malin-et-demi, à ma prochaine rencontre avec ce concurrent j'emploierai la ruse du tigre : quand il m'identifiera, je serai pour lui l'envahisseur...

À côté de Suzy durant mon existence je serai confronté aux affres de la jalousie. On cherchera aussi à me corrompre pour gagner son amour. Trahir pour un morceau de sucre, c'est peu payé. Pour qui me prend-on ! Conscient du danger de la perdre, il me faudra être au top de ma forme et rester fidèle comme un chien. Me voilà déjà avec mes problèmes d'ego. Mon immaturité passagère me donne l'envie de mordre mon entourage parce que je n'aime pas les os.

Malgré mes protestations Suzy m'a enfermé dans son sac pour partir en week-end avec Adémar. Il s'appelle Adémar mon adversaire. Dans cet endroit sombre et inconfortable, j'ai dû partager mon espace avec son livre fétiche. J'ai halluciné quand j'en ai lu le titre !

À l'hôtel, j'ai tout fait pour dissuader Suzy de commettre l' erreur de craquer le soir même pour Adémar. Rien n'y fit, pas même mes caresses. Quand elle m'a ordonné de rentrer dans ma cachette au fond du sac, j'ai perçu l'arrivée du malheur. Je fulmine du haut de ma grandeur. Attendre incognito dans le noir est une épreuve. Oreille dressée j'écoute les bruits à l'extérieur. Enfin extrait de l'obscurité, au premier regard j'ai su qu'Adémar ne serait pas l'homme providentiel de Suzy. Pour pourrir l'existence de ce bellâtre j'ai adopté une attitude méprisante de toutou chien-chien entretenu par sa mémère. Cette fine stratégie positive provoque l'aversion de l'adversaire surpris. Adémar n'a pas apprécié mon dîner avec Suzy. De notre côté nous avons été délivrés de sa présence.

La muflerie d'Adémar a fait sangloter Suzy toute la nuit. Pour la réconforter j'ai dormi contre elle, à moitié étouffé par ses seins. Le matin, elle espérait encore un prochain rendez-vous.

Quand Adémar nous a déposés devant la porte de l' immeuble en lui disant à bientôt, ma charmante maîtresse n'avait toujours rien compris au film. Toute la journée du dimanche elle a attendu un appel ou un texto de son amoureux. J'exulte, j'ai gagné la partie, dehors Adémar ! Ce lundi matin, dès son réveil, Suzy attend les nouvelles d'Adémar. Pauvre petite femme trompée. Pour la voir heureuse je saute sur ses genoux et, de ma petite langue rose lèche son visage. Inquiète, le moindre bruit la fait sursauter.

— Allo, bijouterie « Le Serpent Jaune », que puis-je faire pour vous ?

— Capucine c'est moi Adémar. Rends-moi service. Fais livrer une de tes belles montres et des fleurs à l'adresse que je vais t'indiquer. Le prix ne compte pas.

— À ta voix j'entends que tu es contrarié. Que s'est-il passé ?

— Un cauchemar. Parti en week-end, je suis tombé sur une hystérique folle de son chien. Tu dois te douter qu'il n'est pas question que j'embrasse la bouche d'une femme après son chien. En plus son parfum entêtant était écœurant. J'en suis encore révulsé. Pour ne pas passer pour un salaud à mes yeux, je me dois d'avoir un geste généreux. Elle n'a certainement pas compris le scénario du film de ce week-end raté.

— Je te comprends. Quand seras-tu sérieux avec les femmes ? répond Capucine en éclatant d'un rire moqueur. Je joins une de tes cartes de visite ?

— Oui, faisons les choses dans les formes. Remarque, je n'en veux pas au chien qui va mourir étouffé sous les caresses. J'ai échappé au pire, partager ma couche avec ma compagne et son chien petit et envahissant. Ils rient tous les deux à la dernière boutade en imaginant la scène.

— Merci Capucine de ramasser une fois encore les morceaux de mes incartades....

Au son de la sonnette Pitty se précipite dans les jambes de Suzy en aboyant derrière la porte. Il observe avec étonnement sa maîtresse recevoir un énorme bouquet de roses et de lys à l'odeur entêtante. Un élégant paquet est joint, un cadeau ? Sa vie de chien de salon lui a permis d'assister à des situations de ruptures sages ou rocambolesques provoquées par des hommes et des femmes. En ouvrant le somptueux coffret Suzy est ravie de découvrir un bijoux de prix.

Voilà une preuve d'amour pense-t-elle toute émue.

— Vois-tu Pitty comme Adémar tient à moi !Tu en as la preuve sous les yeux avec sa carte de visite.

Pour ne pas lui répondre je préfère me cacher. Adémar je l'ai pris en horreur. Au moment où elle m'a sorti de son cabas comme un lapin sort par magie d'un chapeau, j'ai compris que je n'étais pas convié aux festivités.

Je regarde Suzy sauter, danser de joie. Je suis attristé par son manque d'intuition. Elle fait de son échec une réussite. Sympa, je l'écoute interpréter les gestes d'un homme poli sans gage d'avenir. Par expérience, je sais que son bel attaché d'ambassade s'est cassé en même temps que son immunité diplomatique.

— Pitty que t'arrive-t-il, tu as l'air triste. Ce ne sont pas les cadeaux d'Adémar qui vont bouleverser ma vie ! J'ai gagné pour n'avoir pas séduit. J'ai eu raison de te préférer. Demain je rencontrerai mieux. Que dirais-tu d'un Italien ?

Ne t'en fais pas, repose-toi, le temps que je passe mon tailleur noir et téléphone à ma secrétaire Lilette pour connaître mon planning de rendez-vous et l'heure de mon avion ce soir pour Hong-Kong. Prépare-toi, nous partons signer en Asie un contrat hi-tech top secret pour la France.

Mince, se dit Pitty, je ne savais pas que les femmes avaient autant de possibilités. J'ai encore beaucoup à apprendre.

10 PIGEONS VOLENT OU L'ARGENT N'A PAS D'ODEUR

Dans notre propriété de Santa Monica, à côté de Los Angeles, une méga réception est donnée ce soir.

Nous célébrons les premiers cinquante milliards de dollars de James Meryll, président de holding, en compagnie de ses associés fondateurs. Belle réussite financière de sa société « Telexfree ». Ascension boursière fulgurante. Bénéficiaire de ce ruissellement de richesses je me vautre dans un luxe tapageur bling-bling, dans ma peau de quidam transparent qui tient sa place.

Tout New York est convié pour honorer la fortune de mon Maître. Être invité par le roi de Wall Street, la star du Nasdaq, l'empereur du Dow Jones, est un privilège. Les riches aiment se reconnaître entre eux.

Mon big boss est aux anges. Double de Narcisse, il se sait beau. Charmeur. Reconnu par ses pairs pour sa perspicacité, son sens de la stratégie et sa ruse, il a un don pour convaincre les plus prudents en affaires à lui confier leurs fortunes.

James est un gagnant sans état d'âme ni scrupule sous ses airs courtois et amicaux. Habile à deviner son interlocuteur sans se dévoiler. Il a su passer entre les lois fédérales et internationales durant des années grâce à son sens de l'anticipation et à ses nerfs d'acier. On le craint et pourtant on recherche sa compagnie. Allez savoir pourquoi.

Dans ma confortable sphère je l'observe, debout devant moi, droit, élégant, arrogant, dominateur et bronzé. Sa silhouette élancée, athlétique, se détache de l'ombre dans un costume de shantung blanc. Un sourire illumine son visage aux traits fins. Ses petits yeux noirs brillent sous son regard incisif, glacial, malgré son sourire avenant.

Conscient de sa puissance, ses arrières sont assurés aux îles Salomon. Plus rien ne peut l'atteindre maintenant. Les juristes les plus performants ont « sécurisé » ses avoirs. Tout s'achète, question de prix, répète-t-il à qui peut l'entendre. Il a dépensé des millions de dollars pour acquérir sa tranquillité et sa panoplie de milliardaire : avion, hélicoptère, bateau, villas aux quatre coins du monde. C'est pourquoi ce soir il peut recevoir ses nombreux amis en paix pour les honorer avec faste.

Vingt-deux-heures.

Que la fête commence. Ballets de Bentley, Rolls-Royce et Buick. Parmi leurs passagers j'identifie : magnats du pétrole et de la finance, milliardaires, politiciens, vedettes du show-biz, qui sont déposés sur le parvis de notre demeure.

Parmi eux le grand rappeur Big Sean dans son coupé Rolls Phantom, des rivières de diamants portées par des femmes de rêve dans leurs robes éblouissantes sous les projecteurs. Flashs des journalistes pour leurs revues, et enregistrements en direct de chaînes de télévision du monde entier.

Un verre de whisky à la main, James déambule de groupe en groupe. Certains l'acclament. D'autres, pour se faire remarquer ou plus extravertis sautent en hurlant dans la piscine et l'éclaboussent. Furieux mais souriant, James recule d'une pirouette saccadée. Il met ses lunettes, signe qu'il enrage. Son pas léger repart, silencieux, glissant vers les goldens boys inféodés à son service. Je les ai entendus se traîner à ses pieds pour obtenir ses faveurs, lui mentir pour faire partie de son staff en trahissant la confiance de son entourage. Commettre sans vergogne, à son profit, des délits d'initiés. Sous mon nez se faire signer des chèques exorbitants. Il les méprise tous, sachant que la veulerie a son tarif.

James flatte ces dépravés cupides non seulement avec l'argent mais aussi avec « la horse[6] » qui avilit l'homme. Il les entretient dans la dépendance. Pour le sexe, il leur présente des femmes somptueuses qui les font aussi parler. Il laisse à ces esclaves pris au piège de la vénalité et enchaînés par un système chronophage l'illusion de la liberté. Joueur imbattable, cut off au poker. Gagnant gagnant, il est dans l'euphorie de la réussite, résultat de son travail et de son goût des mathématiques.

On le trouve fascinant quand on l'approche. Ses partenaires tenus par sa poigne de fer le suivent, gourmands de ses conseils. À ce niveau, rien ne doit être laissé au hasard dans le monde des dollars. Ce soir, il est le héros incontesté des milliardaires, ses amis. Il peut les flatter car il sait que demain il s'envolera pour ne plus revenir et rejoindra incognito Espirito Santo puis son île de...

---

[6] Argot pour désigner l'héroïne

Vingt-trois-heures.

Approche une magnifique Cadillac premium blanc cristal. Flashs des journalistes, bousculades, empoignades. La somptueuse limousine entrouvre sa porte pour laisser apparaître l'invitée surprise : la sulfureuse Lady Gaga. Éblouissante, sexy, dans une création extravagante de son couturier préféré. Le prince de la fête reçoit la grande star en reine. Applaudissements des convives, photos, selfies. À peine remis de leurs émotions, ces derniers voient débarquer Johnny Depp dans son monospace Mercedes grand luxe. Son apparition provoque l'hystérie féminine. Hurlements, délires, évanouissements. Les invités sont comblés.

Minuit.

Déclenchement du grand show français de pyrotechnie. Une fusée d'or suivie d'une rouge explose en multiples nuances dans le ciel d'été. Les têtes renversées des spectateurs extasiés regardent les bouquets qui brillent, chatoient, scintillent, éclatent, rouges, roses, verts, or, dégoulinant des cieux. Des cris de joie fusent de leurs gorges, preuve de leur satisfaction. La propriété est dans le noir. Seules les salves des fusées déchirent la nuit, posant sur les lieux une faible lumière bordée d'ombres.

Une forme glisse devant moi suivie de beaucoup d'autres. Personne n'y prête attention. Les silhouettes sombres, silencieuses, investissent la place éclairée par leurs torches. Bloquent les sorties, les parkings. Un haut-parleur puissant à la voix autoritaire ordonne de suspendre les festivités. Des cris apeurés, des mouvements de foule. Subitement de gros projecteurs balaient de leurs faisceaux les invités. Ces derniers encerclent leur hôte. Tous lui demandent des explications. Lui, imperturbable, se tient devant eux. Que se passe-t-il ? Son devoir est de les rassurer.

Je les contemple, statufiés d'étonnement et de peur. Ils sont là pour faire la fête et non pour se trouver braqués par la police, armes tournées vers eux. Une erreur ? Apparemment non. Police fédérale. Amis, relations, tous sont paralysés, atterrés. Tous pensent au scandale. Nous apprenons que la sécurité de la commission financière mandate la Cour Fédérale de Californie, avec la collaboration du F.B.I, pour exécuter les mandats Interpol à l'encontre du milliardaire James Merrill et de ses associés.

Personne ne doit bouger, interdiction de circuler. Vérifications d'identités. Selon la loi les suspects écoutent l'annonce de leurs droits et les charges retenues contre eux : prévarications financières, corruption, blanchiment en bandes organisées, détournements de fonds publics. Faits avérés par les plaintes des actionnaires milliardaires de banques, et de « hedges funds ». Escroqueries aux intérêts prohibitifs et fictifs de 10 à 17%. Actionnaires grugés, ruinés.

À cet énoncé, la foule reste muette. Les caméras de télévision transmettent le scandale en direct. Les journalistes téléphonent le contenu de leurs papiers qui doivent faire sensation demain en première page. Justice et autorités embarquent les prévenus menottés. Dans ce renversement de situation et face au désarroi qu'il suscite, nul ne pense à m'interroger. Dommage pour l'instruction. Je peux témoigner, raconter de sordides histoires : éliminations, assassinats, manipulations, conflits d'intérêts. Par loyauté, je ne peux baver. Aujourd'hui, je me sens méprisé. J'attends. La propriété est vide, abandonnée. Mon affadissement et ma solitude sont mon lot quotidien.

Quelques mois plus tard.

Personne ne m'a consulté ni ne m'a demandé mon avis pour me changer d'adresse. Après un déplacement mouvementé dans un camion capitonné pour meubles de stars, je suis sorti cabossé, lourd, disgracieux. Sans égards pour moi, je me retrouve maintenant dans le Massachusetts.

Me voilà pauvre d'intrigues, de va-et-vient, de téléphones, de visites, de cocktails, de toutous. Sans ces mouvements et conciliabules, les journées sont insipides. Plus d'hommes d'affaires autour de moi, plus de jolies femmes qui s'étirent voluptueusement dans mes bras, plus de fumées de cigares qui empestent les soieries des rideaux, fauteuils et canapés. Les tapis d'Iran ne sont plus foulés par les escarpins Giuseppe Zanotti pas plus que par les chaussures de Paciotti, Fendi ou Berlutti. J'enrage, je m'atrophie. Moi, le roi des soupirs amoureux, des secrets politiques, des magouilles financières et des mondanités. Coupé du monde, je m'étiole à Westborough, à quelques kilomètres de Boston. Point stratégique, central, d'un grand salon bordé de baies vitrées avec vue sur le lac de Chancy. Mon espace est restreint sous un célèbre tableau d'A.P... volé et recherché en compagnie d'une sculpture de D.F. qui espère revoir son collectionneur.

Tous trois admirons chaque jour les baigneurs qui courent sur la plage. Dans le lointain nous apercevons les voiliers qui remontent au vent. À l'aube nous sommes maquillés par les rayons du soleil et caressés par ses derniers flamboiements. Chaque soir nous espérons la visite du rayon vert. L'espérance nous fait exister, distraction céleste. Suis-je fait pour m'en contenter éternellement ?

Pour changer le cours de ma réflexion je m'aventure dans mes souvenirs. Pourquoi suis-je dans cette maison isolée qui craque la nuit, sans téléphone ni visites ? Disgracieux, massif, volumineux, impotent, je suis pesant à porter. Le grain de mon cuir épais est sec. Grincements, bruissements de papiers froissés. Le salon est vide. Malade, je pèse une tonne d'ennuis. Les idées noires s'égrènent, fanent sur ma carcasse jadis luxueuse.

À mes côtés, un inconnu s'installe pour lire son journal, le « Boston Globe ». Avide de nouvelles, j'en profite pour jeter un œil. Le passé resurgit. Ça alors ! James Merril en première page, qu'est-il devenu ? À travers l'article je découvre qu'il a plaidé coupable sur les conseils avisés de ses avocats. Quelques éléments m'échappent. Je poursuis ma lecture. Carlos Wanzeler, le Brésilien, homme des turpitudes, parti, envolé pour le Brésil. Étrange. Avec lui, la prudence est la règle. Le traître parfait qui se vend au plus offrant. Que ne va-t-il pas faire pour sauver sa misérable peau de la prison ? Salopard, il croule sous le fric. Toujours à pleurer misère, où sont planqués ses millions de dollars ?

Au fait, cette personne assise avec moi, d'où sort-elle ? Comment est-elle entrée et qui lui a ouvert ? Personne ne vit ici depuis longtemps. Par quel tour de passe-passe le salon, soudain, est-il investi d'une vingtaine de policiers ? Ils ouvrent les placards, commodes, armoires et buffets. Jettent tout à terre. S'agitent en tous sens. Arrivent devant moi, consultent l'ordre de perquisition. À travers les propos juridiques, je comprends que ma fin est proche. On me retourne, me soulève, m'éventre. Avant de rendre mon dernier soupir, je prends conscience que je recèle en moi vingt millions de dollars. Ma dernière pensée avant de quitter ce monde de truands : je ne méritais pas de mourir dans une benne à ordures, après tant de bons et loyaux services...

11 LETTRE À PIERRE URBAIN

Te souviens-tu du temps où, en ma compagnie, tu évoquais tes souvenirs parisiens ? Nos longues ballades solitaires à travers les rues. Ton étonnement devant les petits faits du quotidien. Ici la benne à ordures aux bruits fracassants. Là une jeune femme qui court en petit short, baskets violettes, casque d'écoute bleu sur ses oreilles, enfermée dans son univers artificiel. Là-bas un jeune éphèbe, cheveux rouges, boucle d'oreille or et diamant, jean étroit moulant, fesses en petites tomates cocktail. Ses pas déhanchés, menus et pressés l'amènent-ils vers un chemin inconnu ?

Plus loin, étendu sur le trottoir près de la bouche de métro, un clochard dort ventre à l'air, bouche ouverte pour gober l'air vicié des gaz de voitures. Serrée contre lui, sa bouteille de vinasse vide l'entraîne vers des songes éthyliques. Il se rêve entouré de fûts de pinard : tuyau d'arrosage (volé au square du Panlevésans) branché au tonneau. Le tube dans son gosier laisse couler le liquide bienfaiteur, sous l'œil de Bacchus. Heureux dans son délire de bien-être, il s'achemine vers une cirrhose assassine.

Au détour de la rue Gilles le Cœur et de la rue Christine, des senteurs gourmandes avaient chatouillé ton appétit. Te souviens-tu que ce soir-là j'étais partie à pied de la place du Châtelet vers le boulevard Saint Germain ? Le cœur en fête j'avais emprunté le pont aux Changes et le pont Saint Michel, qui doit son nom à l'ancienne petite église qui existait dans le Palais Royal. Je suis retournée sur les lieux pour évoquer nos souvenirs.

C'était la tombée du jour. Sur l'un des ponts je m'appuyais sur le parapet pour regarder couler la Seine et observer les dernières griffures du soleil qui embrasent de leurs feux l'infini. Les cieux étaient transpercés de longues traînées de dégradés camaïeux, rouge profond, or, orangé, jaune d'or et rose. Les péniches ridaient la Seine.

À Paris, entre chien et loup, découvrir et déguster ses secrets est un plaisir envoûtant, enivrant pour les éternels amoureux. Ici la curiosité est une qualité, être voyeur, artiste, est un Art.

C'est là que tu m'avais rejointe, pour me distraire après une journée de travail.

— Promenons-nous dans les vieilles rues du Marais, m'avais-tu proposé.

Je t'avais suivi. Après des heures de marche nous nous étions volontairement perdus. Les rues étaient désertes, nous entendions nos pas s'écraser sur les trottoirs gris et froids. Les restaurants et les bars depuis longtemps avaient rangé leurs tables et clos leurs portes. Les lanternes de la ville arrosaient d'une lumière blafarde les façades lépreuses, sombres, tout en éclairant notre déambulation.

Que cherchions-nous dans ce quartier fréquenté par la nuit ? Le bruit de nos semelles résonnait sur l'asphalte, faisant écho aux ronflements des gens endormis qui descendaient vers nous par les fenêtres ouvertes.

Ensemble, séparés, solitude de l'être indissoluble. Passerelle vers l'autre, espérer, rencontrer, avancer pour suivre une nouvelle aventure sur le ruban de la vie. Échanger un regard de complicité, clef de voûte pour entreprendre un nouveau voyage. Aventure ! Aventure de la vie, espoir sans désespoir. Espérance dans l'inattendu, la folle escapade. Rire, éclater de joie telle une bulle colorée, cristal, transparente, de savon soufflée par le camelot sur le parvis de l'église Saint Paul faubourg Saint Antoine.

Enfance, limonade sucrée pétillante d'esprit, rafraîchissante. Souvenir de la nuit fraîche. Bain de jouvence pour enclencher l'avenir. Pourtant...

Sommes-nous prêts à accueillir les changements dans un avenir proche ?

Réveiller nos consciences endormies, anesthésiées au fond de nos « moi » boiteux ?

Repousser les chimères aux parfums capiteux de l'argent roi ? Pourquoi ne pas traverser la mer pour retrouver les senteurs des rosiers et des jasmins par les nuits chaudes et étoilées du Maghreb ? Pourquoi ne pas marcher ou courir le long des plages aux sables d'or brodées par l'écume de l'Atlantique, les pieds léchés par ses vagues ? Se jeter dans ses ondes successives qui déposent leurs longues algues iodées sur la grève. Profiter du souffle chaud du Chergui pour sécher nos corps mouillés. Le sentir s'enfuir de la côte africaine pour glisser sur la mer vers la lointaine Europe...

85

12 LILI ROSE

Assise sur son lit, paralysée par la détresse, à deux doigts du suicide, Lili Rose songe à sa mort. Statue de sel figée dans l'obscurité de son appartement perdu dans les nuages...

Elle s'est mariée par amour. Romantique du haut de ses dix-neuf ans pour épouser ce prince qui l'emporterait vers un autre monde que le sien. Durant tout ce temps elle s'était consacrée à son rôle de femme, maman au foyer, sans contact avec l'extérieur. Pourquoi s'est-elle mariée pour en arriver là ? Homme froid, calculateur et secret, le père de ses enfants a orchestré leur disparition en toute légalité. Justice de clan à double vitesse.

Le pouvoir de la loi avait trahi sa soumission aveugle au bénéfice de leur caste. Sa destinée avait changé son cours. Désespérée, sans projet d'avenir, pourquoi ne pas en finir ? La meule du mensonge et de la perfidie a aiguisé la dague qui vient de la transpercer. Ses profondes blessures sont béantes jusqu'à l'âme. La violence de l'outrage surgi s'insinue dans son cerveau. Son ventre se tord de chagrin. Lili Rose souffre, hurle de désespoir, se tape la tête contre les murs, sanglote, hoquette, l'estomac retourné par ses vomissements. Elle a mal, très mal, elle n'a jamais été confrontée à une telle souffrance. Elle souhaite mourir et ses larmes sont intarissables. Les eaux tièdes de ses pleurs giclent de ses orbites, geysers tièdes, salés dont les flots drainent cils et sourcils sur son charmant visage aux joues rose thé. De longues rigoles noires de rimmel s'égouttent lentement sur ses fines et longues mains immobiles.

En pleine jeunesse, le bazooka de la mauvaise foi l'a abattue. Sa tête et ses émotions sont cristallisées par la peur, la stupéfaction. Atomisée, sa matière grise se fond dans un abysse d'incompréhension où elle se liquéfie. Sans expérience, comment gérer ce naufrage ? Dépouillée de ses biens, exclue de son cadre culturel et social, où se rendre ? Pauvre elle l'est devenue, sans le sou, et demain sans logement. Oser franchir le seuil de sa timidité est une épreuve à dépasser pour être reconnue par la société.

Enfant timide, jeune femme délicate et raffinée, Lili Rose n'a jamais pu prendre sa place dans le cercle familial. Son esprit éveillé n'adhère pas à leurs codes rigoureux. Lili Rose dérange par son caractère joyeux et son regard direct, franc, perçant. L'atmosphère du cercle familial engendre chez elle une peur profonde. Pour la contourner Lili Rose cultive l'optimisme, la gaieté, le rêve. Ses compagnons de fiction la guident sur les chemins escarpés du quotidien. Réunis, ils forment la pierre angulaire de sa force intérieure.

Éduquée « aux bonnes manières » elle se revoit comme une petite chienne de salon dressée. Enfant à la révérence lisse et polie, à la demande de ses parents le soir au salon, elle vient saluer les invités. Pour Lili Rose, ce spectacle est hypocrite, pour les convives Lili Rose est une dot à convoiter.

Confiante en son étoile, elle n'a pas repéré l'orage ni appréhendé la foudre qui s'abat sur son foyer. Ses mots protecteurs autrefois choisis, antidotes de ses tourments, n'ont pas fonctionné. Aujourd'hui, le malheur l'a atteinte dans sa chair et en plein cœur. Un assassinat à la Ravaillac commandité par une dynastie au profit de leur monde. La cruauté de leur acte a terrassé son ingénuité. Lili Rose est une palombe prise au piège dans les filets des palombières. Oiseau migrateur sans mémoire, capturé en plein vol, le petit volatile s'est laissé plumer, Lili Rose aussi. Naïve sans être idiote, gentille, confiante et dévouée à son foyer, elle n'a jamais pris en considération les silences et les absences de son époux. La morale immuable de la bourgeoisie impose aux femmes ingénues obéissance sacrée dans le mariage et soumission au mari. Pour lui le pouvoir de l'autorité.

Ce soir, les débris de sa personnalité gisent à ses pieds. Pourquoi vivre, se répète-t-elle. Les cendres de l'échec remplissent sa bouche d'amertume. La déchirure de son âme provoque son désespoir. Engloutie sous les décombres de ses certitudes, elle évoque les tendres années enfantines partagées avec ses enfants. Elle entend leurs rires cristallins et ressent leur joie insouciante. À cette évocation, Lili Rose s'abandonne à sa tristesse. Elle a conscience que la mort en embuscade la guette. La Grande Dame Noire, maîtresse du temps, attend le geste fatal de sa proie pour l'entraîner rouler dans son linceul vers les abîmes sans retour.

Assise au bord du lit, les os gelés, son corps raidi par la détresse, tétanisée, elle est là, immobile dans le noir. Son joli petit visage n'est qu'affliction. Ses yeux gonflés, rouges, clignotent, se ferment. Sans enfants elle n'a plus d'avenir. Elle est un animal blessé que le froid du malheur retient sur la banquise de la mort. Une main de fer étreint sa gorge jusqu'à l'asphyxie. Son corps transi l'abandonne.

Dans le noir, Lili Rose attend l'instant où elle accomplira le mouvement fatal et basculera dans le néant. Sa main droite d'un geste lent saisit la boîte de pilules mortelles, l'autre tient la coupe d'eau fatidique. Ne plus penser, avaler en s'endormant puis se fondre dans l'infini. Déjà son esprit s'évade.

Ô temps suspend ton vol[7]....

Assise sur son lit dans sa chambre sombre et noire, combien d'heures a-t-elle attendu le courage d'avaler le poison ?

Le cycle du soleil s'élève à l'horizon. Rescucitée de ses cauchemars par la caresse des rayons, Lili Rose reprend force et vigueur. Étonnée, elle assiste à la naissance de l'aube et frissonne. Que deviendront mes enfants sans moi ? Aller de l'avant, agir. Je vais tout mettre en œuvre pour les retrouver.

---

[7]   Ô temps suspend ton vol et vous, heure propice suspendez votre cours...Verlaine

13 L'OISEAU BLEU[8]

À bousculer son esprit, l'homme a perdu son âme pour le dieu argent.

Il y a bien des décennies, prisonnier de cette humanité, j'ai profité d'une inattention de mon geôlier pour fuir ma cage dorée, moi, l'oiseau au plumage bleuté. Ainsi avec ivresse je m'éloigne de plus en plus vite de la terre dans l'empyrée bleuté.

La voilure de mes longues ailes aux plumes folles me permet toutes les acrobaties célestes ; je saute, bats des plumes, chante ma joie à la liberté retrouvée ou, affamé, d'un coup de bec attrape un insecte et me restaure. Je m'amuse dans l'infini du ciel, découvre le goût céleste de la liberté.

Mon privilège est de dormir dans l'azur sans jamais poser une patte sur un arbre, un fil, un toit ni la terre. Dans le bleu Klein du cosmos, indépendant, maître du ciel, je vole. Parfois imprudent, je suis fait prisonnier, j'attends patiemment ma délivrance.

Mon œil d'acier, perçant, décèle au loin le moindre mouvement dans mon espace. Je survole la terre depuis des millénaires, années, mois, égrenant le chapelet des jours accompagné des cycles du soleil et de la lune.

---

[8]   Extrait de « Petites Nouvelles craquantes à déguster », de la même auteure, éditions NICOPLANET

Ne m'en avait-il pas fallu des battements d'ailes, des tempêtes à traverser pour comprendre le monde ? Les épreuves dans mon voyage m'ont permis d'acquérir une certaine vision de l'humanité pour approcher la sagesse.

La mort se profile, mon existence va trouver sa fin. C'est l'automne, j'emploie mes dernières forces à retourner vers l'Afrique.

Après avoir laissé derrière moi la Méditerranée, je survole les sommets neigeux du Rif marocain, terre au cœur chaud, rouge, pays ensoleillé des dissidentes, des Almoravides, des Mérinides. Au crépuscule de ma vie, je tournoie, flotte, plane dans son ciel azuré.

De palier en palier je descends, glisse à longs coups d'ailes vers les hauts plateaux du Tafilalet, me laissant couler vers les plages dorées bordées du bleu pétrole de la mer de Dakhla.

Aujourd'hui, j'ai traversé mon miroir pour retrouver mes origines. Je vais vous conter mon passage ici-bas.

Lors d'un voyage, j'ai pu entrevoir sous le soleil ardent la haute stature et le noble visage du grand sultan ; suivre son regard sur sa bien-aimée qui avançait langoureusement dans ses jardins andalous bordés de pervenches et de myosotis parfumés. À son apparition il soupirait d'amour. Ses yeux bleu lavande mystérieux et son corps charmant étaient parés de lapis-lazuli, de turquoise et d'opale. N'inspiraient-ils pas l'amour, à l'heure où les parfums de la terre exhalent leurs senteurs chaudes et envoûtantes ? C'était l'heure où la tombée du jour laisse transpirer l'odeur du sol gorgé de soleil qui gonfle le désir.

Ne pouvait-on pas deviner l'ombre bleu de Prusse se mêler aux mirages des limons se noyant dans les reflets éthérés des oueds bleutés ? À cette altitude je remarquai au loin l'indigo des lignes de partage des fleuves, maigres filets d'eau s'écoulant lentement pour se jeter sur des terres asséchées dans les estuaires bleu ardoise de la mer.

Avec volupté et délice je me laisse porter dans l'immensité du cosmos, emporter dans les courants du vent, puis remonter, plonger à nouveau, virer et repartir avec plaisir vers un point fixe qui aiguise ma curiosité.

L'inconnu comme drogue. Le mystérieux a toujours été ma faiblesse. Ombre et lumière, opacité, clarté. Le côté pile ou face du miroir.

À travers mes voyages, j'avais fréquenté et rencontré la race des hommes. Que n'avais-je appris ? Ma lente initiation avait changé non seulement ma façon de ressentir les choses mais aussi le regard que je portais sur les humains que j'avais approchés. Au cours du temps, lentement, j'avais changé d'apparence. De petit oiseau léger, colibri, j'avais grossi, mes plumes s'étaient allongées, me permettant par leur envergure de courir le monde. J'avais vécu parmi de multiples familles dans les jardins ou sous les toits. Au printemps ou à l'automne, fuyant les hivers meurtriers, je m'envolais vers d'autres horizons, vers de nouvelles expériences.

J'ai assisté, incognito, aux décisions des grands de ce monde, vu des civilisations s'effondrer, d'autres émerger, vécu des cataclysmes, des guerres fratricides, admiré la construction de barrages, vu grandir de nouvelles forêts…

L'homme bleu du désert, immobile, la tête renversée en arrière, observait le ciel.

Un oiseau bleu avançait dans l'azur transparent, battant l'air de ses belles ailes aux camaïeux bleus. Il vieillissait, commençait à fatiguer. Il le savait, sa fin était proche. Il avait bien vécu. Alors il poussa un long cri qui glissa sur les sommets de l'Atlas.

L'homme bleu suivit de ses yeux d'aigle la chute de l'oiseau bleu… et comprit avec tristesse qu'il était mort.

Drapé dans sa djellaba, à pas lents il alla vers le cadavre, se pencha, déploya ses ailes avec respect pour lui permettre de faire du sable sa dernière demeure.

14 LAHTIFA ZOUINA, SOUVENIRS D'ÉTÉ

Je m'appelle Lahtifa Ben Ali. Toutes mes cousines me nomment « Lahtif », c'est plaisant et affectueux surtout si je suis dans les bras de grand-mère Lala Aïcha. Mon père, lui, quand il est en colère, c'est toujours mon prénom qui lui vient à la bouche ; alors il se met à hurler. Son ventre se gonfle, son visage devient rouge et bleu et il se met à transpirer. Sa grosse voix fait trembler les murs, il hurle : « LAHTIFA ! LAHTIFA ! Je t'ordonne de venir. Tu es sourde ou quoi ? Si je te trouve tu verras ce qui t'attend », en tapant rageusement sa cuisse droite du plat de sa main poilue.

De ma cachette, je le vois saisir un bâton. Évidemment, je ne me précipite pas. C'est toujours sur moi que pleuvent les coups. Même le chien a peur de lui ! Ma sœur Yasmina disparaît au plus vite et mon frère Djamel ne bouge pas, savourant la scène à l'avance, sa façon à lui d'exercer sa supériorité sur moi sa sœur. Je suis son aînée mais pour lui cela ne compte pas. Il n'oublie jamais de mentionner cette particularité familiale. Être le premier garçon lui octroie une prérogative dans le cœur de nos parents. N'est-il pas le fils bien-aimé de mon père Mohamed, son successeur ? Légitime héritier, lui. Nul n'ose lui contester cette importance confirmée par son arrogance et sa prétention !

De mon refuge, je regarde mon père s'énerver. S'il réussit à m'attraper il frappera fort. Pas de soutien du côté maternel. Je l'entends déjà, si j'allais me blottir dans ses jupes, me susurrer de sa voix triste pour tout réconfort :

— Il a raison ma fille ! Il a raison ! Le bon Dieu il voit tout, lui il sait si tu as été sage ! Qu'est ce qu'on va faire de toi ? Bêtement elle se met à pleurer, pour occulter à mes yeux ses détresses conjugales. Elle me révolte ! Je la dévisage à travers mes peurs et m'interroge : pourquoi mon père l'a-t-il épousée ? Ma mère se noie dans ses pleurnicheries sans un regard sur l'enfant que je suis.

Elle est très maligne Fathna, comédienne comme sa mère, mon autre grand-mère Lala Keltouma. Toutes deux s'entendent très bien pour faire des histoires et mettre leurs entourages en révolution. Tous les jours à l'heure de la sieste, Rachida, leur amie tireuse de cartes, vient les rassurer avec ses gris-gris, ses filtres et ses prophéties pour les seconder dans leurs manigances et intrigues, pour déjouer le mauvais œil dans le village ! Pour dire vrai, en ce moment, on est fâchés avec la famille et les voisins. Traverser le quartier n'est pas de tout repos pour moi.

— Chouf ! Chouf ! Regarde la pimbêche qui passe, c'est la fille de Fathna Ben Ali ! Je te dis pas le père ! La voix monte, hystérique.

Qu'est-ce qu'elle veut dire sur mon père, la punaise ? Ma mère, passe encore, mais mon père, il est plus fort que le sien. Cela m'intrigue.

Une voix moqueuse répond derrière moi à mes questions :

— Aïe ! aïe ! Sa mère, ma fille, c'est quelqu'un ! Toujours la comédie. Je ne te dis pas. Haussant le ton, tout l'entourage dresse l'oreille et tout le quartier se rit de nous.

— Avec Lalah Keltouma la grand-mère, crois-moi elles font peur ! Moins tu leur parles, mieux tu te portes. Attention le mauvais œil.

Les femmes se mettent à faire les cornes à mon passage en ricanant derrière leurs mains rouges, peintes au henné, en hochant leurs têtes, convaincues de la gravité de l'information. Ces propos injurieux ne sont pas gais pour moi. Pour paraître indifférente à leurs sarcasmes je sautille en poursuivant mon chemin, avec mon couscoussier sous le bras, pour faire comme si mes oreilles étaient pleines de sable.

En m'éloignant j'entends cette dernière phrase qui sent l'égout :

— Ben Ali, croyez-moi, c'est un homme, lui, un vrai ! Rentrons, je vais tout vous raconter, il est comme son père Si Lahoussine ! Toutes rient en me lançant des œillades bizarres. Écœurée par ces insinuations, je prends mes jambes à mon cou et me sauve chez ma grand-mère Lala Aïcha, si gentille. Entre deux sanglots, je lui raconte tout.

Elle me serre dans ses bras et m'écoute en hochant la tête. Pour me rassurer elle me parle gentiment de son fils. Elle l'aime son fils, elle. Moi je ne suis pas sûre de mes sentiments pour Ali ! Mais la tradition veut que les hommes soient des chefs.

Mon père est coléreux, surtout si quelqu'un le contrarie, lui manque de respect ou si ses affaires vont mal ! Si je vais le chercher au café du commerce au coin de la rue Colbert, souvent je l'entends parler de « purger l'hypothèque ». Cela m'intrigue. Ils en parlent tous les jours, apparemment ils n'ont pas encore trouvé le médicament alors que la pharmacie est à côté. Je ne comprends pas : si la maladie est grave, pourquoi ils ne se rendent pas à l'échoppe d'un guérisseur acheter des herbes médicinales ? Curieuse et grave maladie, tout son entourage secoue sinistrement la tête en le regardant tristement. Si mon père ne me faisait pas si peur avec ses yeux perçants et noirs j'oserais l'interroger. Le son même de sa voix me glace le cœur. Impossible de poser la question à ma mère, elle ne peut pas garder un secret, le diffusant à l'entourage en faisant des «pataquès ».

Enfin, pour revenir à mon père Ali, je n'ai pas encore compris ce qu'il vend, mais il vend ! Parfois s' il est de bonne humeur, ma sœur et moi avons le privilège de l'accompagner dans le centre de la ville, puis il nous oublie dans les bureaux de ses amis marchands de tissus, au milieu des métrages et des machines à coudre. Nous jouons à fabriquer des robes en déballant des tissus chamarrés. C'est un peu l'affolement quand il nous retrouve plus tard ! C'est la même histoire quand, après le déjeuner, il nous propose une nouvelle aventure. Les petites filles innocentes sont parfois idiotes et peuvent servir d'alibi. Des heures nous attendrons son retour sans une goutte d'eau, ni le regard de quiconque. « Mecktoub », la vie est comme ça, il faut accepter et obéir à son père !

Depuis plusieurs jours la maison est en révolution. Demain c'est le grand départ pour le bord de mer. Mon grand-père Si Lahoucine nous emmène à la plage. Nous y camperons deux mois et demi jusqu'aux grandes marées de septembre.

Les domestiques sont partis en avance avec les carrioles et les mulets pour installer le matériel et la grande guitoune caïdale.

Tous les ans depuis ma plus tendre enfance nous quittons la ville de Casablanca pour nous installer à Bouznika. À l'extérieur du bourg, au kilomètre quinze, après la kasbah à la terre rouge, son palmier rabougri et son cimetière abandonné, se trouve un chemin cailouteux se dirigeant vers la mer. Sur sa gauche, cachant celle-ci, des dunes de sable fin le longent. Elles sont difficiles à grimper, surtout sous le soleil. À droite l'oued asséché, la campagne et le douar. Pour arriver à notre campement, il est nécessaire d'aller en direction de l'embouchure. Dans un virage inattendu, on se trouve face à la mer. Ici c'est la liberté !

Nous arrivons toujours en fin de journée. Les kanounes ronflent. Posés sur leurs braises des plats slaoui à tajines aux chapeaux pointus, couleur de brique, dans lesquels cuisent à petit feu poulets aux amandes, morceaux de poissons aux épices safranées et oignons. Plus loin, le four enfoui dans le sable, recouvert de tôles. Les bonnes y feront cuire du pain, des gâteaux et des méchouis. Comme tous les ans pour notre arrivée, il contient des petits pains à l'anis aux parfums subtils chatouillant nos narines, aiguisant notre appétit...

Excitée par ce départ, je sens déjà l'odeur de la mer et les caresses de la brume ouatinée sur mon corps. J'entends le chant des vagues. Quand nous courons sur la plage, souvent les vagues nous arrosent de leurs embruns, accompagnés des cris des mouettes et des goélands.

Le matin au lever du soleil mordoré, nous nous réveillons à l'odeur du café ou du thé à la menthe fraîche. Des piles de crêpes nous attendent, des chabakias, du miel, des confitures de figues et d'oranges.

Ce rituel à peine terminé, en vitesse nous enfilons nos maillots de bain, nos sarouels et de vieux pulls de coton. Nous courons à longues enjambées le long de la plage pour rejoindre les pêcheurs dans la brume, au loin, figés, les pieds dans l'eau ou assis depuis le lever du soleil en retrait des vaguelettes près de leurs cannes à pêche. Le poisson mord mieux à l'aube.

Un peu plus tard, grand-père, dans l'une de ses belles djellabas blanches ou bleues vient nous rejoindre pour choisir les plus grosses pièces de poissons, mises de côté pour lui par ses amis pêcheurs, et boire avec eux du café tenu au chaud dans une vieille bouilloire sur un kanoune sans âge. Ici, tout le monde l'aime bien, grand-père Lahoucine ; moi je l'adore, il me fait toujours rire.

En vacances, il a du temps à nous consacrer.

Parfois, après le petit déjeuner, à marée basse, nous partons à la queue leu leu avec lui sur les rochers, à la recherche des poulpes et des oursins. Il tient à la main un gros crochet et un vieux couteau pour les extraire de leurs caches.

Nous remplissons nos paniers d'osier tressé de toutes nos trouvailles dont nous pourrons ensuite nous délecter…

15 JE VOUS ORDONNE DE TUER

En l'absence du roi des sept montagnes, sa méchante épouse la cruelle reine Ravenna règne sans pitié sur le peuple. Sous les sourires et l'opulente poitrine de la souveraine se cache un cœur d'airain. Le fiel qui en suinte est pour la fille du roi, sa bru.

Cette puissante femme se sait belle, lumineuse, sans ombre à sa splendeur. Son inaltérable jeunesse n'a pas de rivale dans le royaume. Journellement elle interroge « Son Beau Miroir » sur sa beauté. Lui la réconforte sur sa splendeur inaltérable.

Tout a une fin. Un jour le miroir magique varie sa réplique :

— Majesté vous êtes très belle. Mais dans ce château, la jeune princesse aux cheveux d'ébène est encore plus belle. La fraîcheur de son visage, l'éclat de ses yeux, sa peau nacrée et sa bouche charmante sont un ravissement pour tout le royaume.

L'oracle a parlé.

Les propos loyaux du miroir déclenchent chez cette femme orgueilleuse et acariâtre colère et soif de vengeance. La hideuse marâtre pour assouvir sa haine ordonne la mort de Blanche-Neige.

L'ordre royal vaut exécution. Sans célérité un bourreau prend le risque de perdre sa tête dans un panier d'osier. Cette sommation a double sens pour l'exécuteur de la future victime. Dans l'un et l'autre cas il s'agit de la mort : être décapité ou égorgé. Qui basculera vers ce sombre destin, le tueur ou la princesse ? À quel prix sauveront-ils leur vie ?

Un chasseur pisteur à la réputation de cruauté et de fine lame a été désigné pour la sale besogne. Personne alentour ne manipule l'arme blanche mieux que lui. Sa devise : rapidité, dextérité, habileté, surtout pas d' état d'âme...

À cette heure il aiguise ses couteaux et poignards. S'il chasse, c'est avec précision, plaisir. Partir à l'affût du gros gibier procure des montées d'adrénaline à cet homme giboyeux. Quand il piège un daim ou un marcassin, égorger la bête le met en transe. L'odeur âcre du sang l'enivre. Il a aussi poignardé des bandits de grands chemins. Accomplir de noires besognes est son plaisir, dangereux, valorisant. Mais vint l'irruption du doute.

Durant des heures, vêtu de noir, planqué derrière un chêne il épie la jeune princesse. Pour capturer sa proie, il possède un plan infaillible, efficace. Il l'observe, insouciante du danger, chanter, danser, joyeuse avec les animaux du parc. Après ces longs moments d'attente, à l'instant où elle lui tourne le dos, il passe à l'action, bondit sur sa victime. Avec dextérité l'enferme dans un grand sac à grains brun. Tout se passe très vite, personne n'a rien vu ni entendu. Par prudence, il la tuera hors du château. Une fois en-dehors de l'enceinte, les jambes à son cou, l'homme trapu s'éloigne vers la forêt, voûté, portant le lourd fardeau sur son dos.

Chemin faisant, il sent la jeune fille s'agiter dans l'étroite toile. Entend ses cris, ses supplices, puis la sent devenir inerte. *Est-elle morte ou endormie,* pense-t-il inquiet, *mieux vaut ne pas réfléchir.*

Le silence envahit la forêt. La charge se fait plus lourde. Ses pas ralentissent malgré sa hâte de se débarrasser de sa triste mission. *Pourtant s'il sauve sa tête en obéissant aux ordres de la reine, quid de la colère du roi et du peuple ? N'existe-t-il pas, pour lui d'autres alternatives pour échapper à la colère et à la haine de tous ?*

Après des heures de marche et de réflexion, épuisé il arrive dans une grande clairière. Pas de bruits d'oiseaux ni d'animaux alentour. La vie de la forêt est figée. Le silence déconcerte le chasseur. Mal à l'aise, les sens en éveil, le kidnappeur tueur se débarrasse brutalement de son fardeau. Le sac s'ouvre en dégageant Blanche-Neige de son étroite prison. Elle roule sur le tapis de verdure, en larmes. Ses pleurs et suppliques exaspèrent le chasseur. Il ne voit en la jeune fille qu'un contrat à exécuter. Pour ne pas fendre sa carapace il endurcit son cœur et bouche ses oreilles, se voulant sans pitié.

— Soyez bon pour moi, monsieur le chasseur, dit-elle de sa voix claire et enfantine. Les animaux de la forêt sont mes amis. Laissez-moi la vie et je disparaîtrai. Le monologue n'en finit plus. Au son des lamentations, sanglots et prières, les animaux envahissent la clairière. Au premier regard, ils reconnaissent ce chasseur qu'ils fuient pour ne pas mourir. Les plus vieux comprenant la situation proposent leurs vies en échange de celle de la princesse.

La nuit tombe. La forêt, avec son peuple, finit par s'endormir dans un grand désarroi.

Seul le bourreau veille devant les flammes d'un petit brasero. L'humidité qui l'entoure le fait frissonner. Pour se réchauffer, il met ses mains au-dessus du feu rougeoyant.

Ces dernières lui apparaissent sanglantes, épaisses comme des battoirs, assassines, coupeuses de vie. Il se revoit dans la forêt, à la chasse avec son père. Avec lui, il respectait la nature. C'était aussi le temps où les petits animaux l'aimaient. À sa mort, il avait basculé dans la violence. Il s'était mis à tuer les plus faibles pour expulser sa douleur et se venger de sa disparition. Au fil des ans, il avait acquis une mauvaise réputation. Les basses besognes étaient son lot. Dans le silence de la nuit, pour la première fois il sent son cœur se glacer. L'horreur de ce crime lui apparaît. Comment assassiner l'innocence ? L'idée du sang de l'angélique princesse sur ses mains le terrifie.

Pas moi, se dit-il, agité et grelottant. Son corps se tord d'une douleur insupportable, paralysante. *Dois-je tuer la fraîcheur et la beauté ? Cette candide enfant m'émeut. Dois-je être l'infâme main qui la frappera ? Je n'ai pas envie de mourir non plus. Pourtant c'est elle ou moi. Ma cruauté a ses limites, je le découvre. Trouver un moyen de nous sauver est impératif. Je vais m'y employer...*

Épuisé, avant de se reposer, sans faire de bruit il se penche avec tendresse sur sa prisonnière pour s'assurer de son sommeil.

À l'aube le chasseur a pris sa décision et réveille la princesse qui se met à pleurer :

— Princesse Blanche-Neige, séchez vos larmes, dit-il de sa voix grave, rocailleuse, à l'accent de montagne. Pour vous, je désobéirai aux ordres de la reine et vous laisserai la vie. Taisez-vous, j'ai dit, pas un mot ! Courez princesse, enfoncez-vous dans la forêt au plus loin des regards. Arrêtez votre course là où personne ne passe jamais. Partez pendant que j'efface les traces du feu. Disparaissez de ma vue avant que je ne change d'avis...

Quand il se retourne, la princesse Blanche-Neige a disparu. Son havresac sur le dos, soulagé, le chasseur préoccupé s'enfonce dans la forêt.

Entre chien et loup, la biche ne sent pas l'odeur de l'homme. Ce dernier la surprend, la tue, la dépèce pour arracher son cœur chaud. Il le dépose dans le coffret d'or de la reine, à la place de celui de Blanche-Neige.

C'est en pleine nuit qu'il arrive aux abords du château. Il en connaît tous les passages et secrets et y pénètre. Après mille précautions et détours, il parvient devant la porte de la reine. Personne ne l'a aperçu déposer le coffret sanglant dans l'antichambre royale. Sa mission accomplie, le chasseur poursuit son chemin à l'ombre de la muraille du palais et disparaît à jamais dans la nuit.

Au petit matin, le coffret d'or est entre les mains de la Reine.

16 DOUBLE FACE DE JANUS, MON CHEMIN DE CROIX

Quand je pense à ma vie, c'est presque un cauchemar dont j'aimerais ne pas me souvenir. Toute mon existence j'ai eu la poisse. Enfant déjà, je courais pieds nus dans la campagne pour aller chercher des œufs et des patates pour ma mère qui ne sortait pas de son lit. Mon père et ma mère buvaient ; quand ils étaient pétés, ils se flanquaient des coups et roulaient sur les carreaux verts de la cuisine. Je me cachais pour ne pas assister à ce désastre et protégeais ma figure. Puis il y eut Mademoiselle Georgette, institutrice dans le village voisin. Je l'adorais. L'école, une découverte : pour une fois une personne s'intéressait à moi et m'offrait écoute et gentillesse. Ma mère, crevant de jalousie, ne supportait pas cette relation et m'en privait à coups de gifles et d'humiliations. Un drame de plus, moi qui aimais lire et rencontrer ceux qui savaient plein de choses.

C'est alors que mes parents, entre deux verres, décidèrent de me mettre en apprentissage. Je découvrais le pointage, les cadences à respecter sur les chaînes, les syndicats. J'appris à travailler dans les différents ateliers d'une usine de sardines. Au bout de quelques mois les plus vieilles ouvrières me confièrent que tôt ou tard je passerai à la casserole avec le plus vieux des contremaîtres. J'étais paralysée d'angoisse dès qu'il approchait. Mes copines m'avaient prévenue : ça ou plus de travail dans la région. J'ai compris le message en pleurant, la mort dans l'âme. Tous les garçons du coin étaient au courant et expliquaient aux filles que le poisson est meilleur à manger tous les jours que la virginité. Alors j'ai arrêté de pleurer.

Plus tard j'ai rencontré Marco au bal, très vite nous nous sommes mariés. Pour nous sortir de la galère et construire notre maison, il s'est engagé dans l'armée. L'ascenseur social compte pour devenir quelqu'un dans ce coin paumé. Moi, je continue à l'usine en espérant avoir un jour mon petit magasin de lingerie. J'ai beaucoup de copines qui adorent les dessous pour émoustiller leurs hommes. J'espère, demain, les voir pousser la porte de ma boutique. Les projets valent tous les sacrifices du monde. Vivre sans mon Marco c'est une épreuve...

Exténuée de fatigue, je rejoins la salle de repos pour m'avachir sur le vieux canapé défoncé. Durant une heure je vais encore pleurer. JE LE HAIS ! Être le souffre-douleur d'un employeur manipulateur pervers, rusé, richissime me détruit, Monsieur César Faucheux. Ma souffrance au travail est nourrie de larmes et de cauchemars. Qui n'a pas travaillé avec un bourreau, un salaud, n'a rien connu. Sans espoir de futur je suis enclavée dans la chaîne invisible des déclassés. Ce diable d'homme, pour rabaisser le personnel féminin diffuse et entretient la peur. Ici pas de « #balance ton porc ». Femmes muselées, que ferions-nous sans honneur ni emploi si nous révélions notre vérité ?

Déjà vingt minutes que j'écoute de la musique avec mon baladeur. Malgré l'aversion qui me ronge, mes paupières s'alourdissent et mon corps crispé s'apaise. Pourquoi ne pas espérer un coup de pouce du destin pour changer ma vie au travail...

L'impulsion de la COP21 a transformé la vie et l'environnement. Comment un homme, méprisant et violent se transforme-t-il en humaniste chaleureux à la grandeur d'âme ? Le Nouveau Monde peut-il avoir une incidence sur le caractère violent de l'homme d'hier ?

Le maire et César Faucheux ont créé un grand mouvement citoyen responsable sur tout le département : « Sauvons la planète ». Dynamique, compatissant, César Faucheux en est « le bâtisseur ». Il prête son oreille et son temps à qui le sollicite. Son expérience de l'entreprise mise au service de la communauté permet la création de coopératives citoyennes. Pour les diriger, il n'hésite pas à les confier à des personnes « recyclées » à l'écologie. Il obtient des fonds européens pour réaliser des projets participatifs, éducatifs, sportifs et culturels. Modestement il confie à son entourage : « personne ne doit rester au bord de la route ». Comment ne pas aimer un tel homme ? Sous son impulsion, les habitants bénéficient d'écoles, de crèches, de potagers en accès libre, de pistes cyclables, de voitures aux nouvelles énergies. Notre usine a adhéré au mouvement planétaire « écologie Bicor ». Toits transformés en jardins potagers, poules, coqs, chèvres, fromages redistribués en paniers bio pour les environs.

Le miracle de l'écologie et des écosystèmes a changé la mentalité du patron et la nôtre. Plus de chef ni de petit chef, nous exécutons en autonomie et en musique nos tâches journalières. Élevée au grade de bras droit, j'accompagne César Faucheux sur le terrain. Il écoute, épaule et partage la vie des associations en ville et en milieu rural. C'est motivant. Mon patron est partout à la fois. Parfois j'ai l'impression de rêver, mais suis vite ramenée à la réalité par cet homme généreux qui fait appel à mes compétences. En quelques mois il est devenu le plus vert des habitants écolos. En l'apercevant, chacun pense à ses engagements pour sauver le climat. César Faucheux porte une casquette et des baskets vertes. Suivi par son cochon fétiche qu'il protège avec dévotion. Sans la présence de ce dernier il se sent en danger ! Curieux, non ? Ce matin, monsieur César m'a convoquée pour m'exposer mon nouveau plan de carrière. Je suis éberluée par sa courtoisie, un miracle écologique. Retour à mes compétences acquises durant des années dans mes formations. Monsieur César m'a demandé de mener des études comparatives sur les vers amazoniens et les vers de vase des rivières françaises. La collaboration des amateurs de pêche à la ligne me sera précieuse. Cerise sur mes recherches mes travaux seront présentés à la prochaine COP25. Enfin reconnue, je sens mes larmes s'échapper sous le choc de cette promotion ! J'en suis toute secouée...

— Réveille-toi, réveille-toi Fabienne. Tout le monde te cherche. J'ouvre les yeux.

— Où suis-je ? On me secoue comme un prunier. Qu'arrive-t-il ? Pourquoi suis-je dans cette pièce, pas auprès de mon patron ? Ah oui. Je refais surface en sortant de mon lourd sommeil.

— Pourquoi me regardez-vous tous avec des visages bouleversés ? Ma voix tremble. J'espère qu'il n'est rien arrivé à Marco ? Parlez !

— Écoute Fabienne, reste allongée, tu vas avoir le choc de ta vie ! Tu vas être libre, dit une collègue.

— Libre ? Pourquoi ? Je ne comprends pas, tu me fais peur. Que me racontes-tu ? Tu es folle ou quoi ?

— Pas du tout, la nouvelle est horrible et terrible. Rassures-toi Marco est en forme et loin de nous. Nous sommes tes amis et tu as confiance en nous. Par amitié nous devons t'apprendre un triste et dramatique accident.

Je les regarde reprendre leur souffle et ressens l'émotion collective. En même temps, ils m'énervent à distiller les informations au compte-gouttes. Mes nerfs se tendent, je vais exploser sous la colère, je me retiens.

— Bon, on arrête le jeu de la devinette, alors qui se dévoue ?

— Sois courageuse Fabienne, dit le grand Robert. *Pourquoi est-il là celui-là, je le déteste, toujours prêt à assister à la curie.* Monsieur César, notre patron, vient de s'encastrer dans un virage sous un camion avec son gros quatre quatre. Il est mort.

Une chape de béton tombe sur moi en même temps qu'un lourd silence.

C'était un salaud, un sale mec, méprisant avec son personnel ne puis-je m'empêcher de penser. Ma prière a été entendue. Pourtant, je ne lui voulais pas de mal ! J'ai mal aux neurones.

Sous le choc et leurs regards effrayés je hurle d'un désespoir sauvage et de joie entremêlés. J'aimais ce bourreau qui ressemblait à mon père, cette crevure.

Qui pourra me comprendre ?

17 QUI ES-TU, TOI, EN FACE DE MOI?

Samedi, je retrouve Auguste, mon frère, après ma longue absence. Rendez-vous place des Fêtes, dans un petit bistrot où il a ses habitudes pour déjeuner.

— Joseph, c'est jour de marché, les produits seront frais et la viande savoureuse, me dit-il au téléphone. Glouton mais pas gourmet, me dis-je en raccrochant. Aura-t-il changé de comportement devant une assiette bien garnie ?

Je me souviens des repas familiaux, le dimanche, avenue de Breteuil. Attablé, je l'observais, affligé, engouffrer la nourriture comme un ogre avide dévore ses enfants. La voracité d'Auguste lui collait à la peau. Une boulimie alimentaire qu'il s'infligeait, en rétorsion à sa gentillesse. Pour garder l'estime de notre famille, il se laissait dépouiller par son entourage. Quand il en prenait conscience, le mal était fait. Auguste était un gentil fils et frère qui ignorait sa valeur. Avec le temps, il s'était construit une carapace derrière laquelle il cachait ses inclinations, dans son univers.

Je me souviens de la salle à manger où nous nous réunissions. Je revois la longue table où les deux fauteuils à haut dossier sont installés face à face à chaque bout de celle-ci. Sur l'un trône le pater familias, côté salon, dans l'autre la Mama, côté cuisine. Ces longs et interminables repas où chacun tient sa place selon l'ordre hiérarchique dû à son âge. Je me souviens des invectives du pater familias sur sa cible du jour. Des lourds silences qui s'installent entre chaque plat, durant lesquels on s'observe…

Les timides et les faibles doivent vaincre leurs peurs pour prendre la parole. S'exposant aux moqueries des plus cultivés qui systématiquement leur coupent toute forme d'expression. Dans ce cercle familial fermé, muets, Auguste et moi restons en recul, à nos dépens, en devenant transparents. Auguste craint le regard de mon père, sévère et bienveillant, qui va le chercher entre nous, ses frères et sœurs.

Je me souviens de l'époque où, faisant fi de ses fragilités, nous le surnommions « oncle Picsou ». Est-ce Picsou qui l'a poussé au métier d'expert-comptable ? Auguste ne « se met jamais à table », il a ses ruses. Vieille France du vingtième siècle, il déploie auprès des femmes un marivaudage charmant qui fait son succès. Avec les années, il y a gagné un certain charme.

Son large visage a un grand front intelligent. Sous ses sourcils broussailleux poivre et sel se cachent de petits yeux vifs et brillants. Un nez ni important ni signifiant se tient au-dessus d'une lèvre fine et de l'autre plus ourlée. Sa tête à la mâchoire carrée est soutenue par un cou épais. Auguste a gardé une figure lisse sans rides, protégée par le temps. L'homme reste secret avec sa part d'ombre. Blessé par un mot, une phrase ou une supposition, il s'offense. Ses colères déferlent sur vous sans prévenir. Une tempête en vagues violentes s'abat, vous entraînant vers les profondeurs des non-dits. Ses tourments s'insinuent en lui, le rendant prisonnier de son cachot intérieur. Rancunier, jaloux il l'est. Pour regagner sa confiance il est indispensable de trouver les mots qui pansent ses blessures et chassent ses démons. Vient le moment du concordat et de la paix. L'heure de faire parvenir sur son territoire une colombe avec sa branche d'olivier. D'agiter un drapeau blanc et de fumer le calumet de la paix en attendant qu'il pardonne.

Midi trente, c'est lui que j'aperçois. Je reconnais sa lourde et grande silhouette. Je découvre qu'il porte des cheveux longs, qui tombent sur ses épaules, le faisant ressembler à Léo Ferré.

Enfin nous voilà réunis.

— Que deviens-tu mon cher frère ? lui dis-je en le serrant chaleureusement dans mes bras.

— Joseph, que veux-tu que je te dise, je vis ; contente-toi de ça. Moqueur, il éclate de rire.

— Après tant d'années sans se voir, Auguste, explique-moi comment tu vis, et surtout arrête de me dire que tout va bien.

— Tu es venu déjeuner avec moi, Joseph, ou jouer le grand Inquisiteur ?

— Non, je m'intéresse à toi. Parler face-à-face est plus fraternel que les fausses rumeurs véhiculées par les uns et les autres.

— Je connais la famille, ne m'énerve pas avec ça ! Je n'ai rien à dire et si j'ai à dire, ce n'est pas à la famille que je me confierais, comprends-tu Joseph ?

— OK. Je t'entends. Tu as faim je suppose ?

— Oui, tu vas voir, ici il y a une super choucroute. Garçon, deux choucroutes complètes pour mon frère et moi.

— OK, si nous parlions cinéma, tu y vas toujours ? Ses yeux brillent, j'ai vu juste.

— Oui, le samedi, piscine et cinéma. Je suis les programmes et les succès.

— Que penses-tu du film… Ma phrase est interrompue par l'arrivée d'un énorme plat garni de jambonneau, saucisses de Strasbourg, lard et pommes de terre. Tout de suite, mon frère saisit fourchette et cuillère.

— Passe-moi ton assiette Joseph, et tais-toi. Mangeons, nous parlerons ensuite.

Je suis désemparé. La choucroute est délicieuse, il a raison.

Qui es-tu, toi, attablé en face de moi ?

Les années ont passé et je suis resté longtemps sans revoir mon frère. Qu'est-il devenu ?

C'était un jour d'automne : allant à Montparnasse je suis interpellé par une voix qui ne m'est pas inconnue et me remplit d'émotion. Fantasme ou réalité ?

Je me retourne, surpris ; personne n'est supposé me savoir à Paris. Curieux, je me retrouve face-à-face avec un homme encore jeune à la limite de la maigreur. Je ne l'identifie pas.

— Je m'excuse, lui dis-je, mais qui êtes vous Monsieur ?

Éclats de rires bruyants.

— Cherche un peu.

La voix est semblable et dissemblable, chaleureuse, profonde, travaillée dans les graves. Les yeux qui me regardent sont brillants, un brin moqueurs. Je n'ose l'identifier ; et si je me trompais ? Après tout ce temps où je suis resté sans nouvelle de lui ! Je me sens mal à l'aise, l'ai-je oublié ?

— Ah vieux, je t'en bouche un coin, à voir ta tête. Joseph, j'ai tant changé, même dans ton souvenir ?

— Oui je l'avoue Auguste. Je te croyais parti je ne sais plus où…

— Frère, viens dans mes bras, je suis si heureux de te retrouver et de te raconter ce que je suis devenu après la mort de nos parents.

Je ne souhaitais pas garder des liens avec la famille. Vous m'avez bien laissé gérer leur vieillesse. Comme disait Charles de Gaulle : « la vieillesse est un naufrage ». Je me suis cassé de Paris, usé et malheureux.

Allez, sans rancune ! Si tu veux je t'invite à déjeuner.

Remué par ses accusations, je me sens coupable de mon indifférence à sa peine. Retrouver ce frère me remplit de joie. Arriverons-nous à évoquer sa nouvelle existence ? Sa transformation physique m'impressionne.

Une fois installés à la meilleure table en face du théâtre de l'Odéon :

— Auguste, pour nos retrouvailles buvons du champagne, honorons nos parents, lui dis-je, certain qu'il refuserait mon offre. Trop tard je me souviens qu'il ne boit pas d'alcool.

— Excellente idée, j'adhère, répond-il joyeux, avec un superbe sourire. Enterrons toutes les années où je n'ai bu que de l'eau. Autre temps, autres mœurs, aujourd'hui j'apprécie les bons restaurants et les vins fins.

— Alors frère, il m'a été raconté par l'entourage familial que tu avais disparu à l'autre bout de la planète. Est-ce vrai ? Qu'as-tu fait et quel est le motif de ta transformation ?

— Certes, dit-il, penseur, en hochant la tête. Tu m'as connu boulimique, la nourriture n'est plus mon principal objectif, je mange très peu, mais très bon.

— Avoue que ces renversements de rôles sont étonnants. Toi aujourd'hui mince comme un fil, moi bedonnant et cardiaque ! Qui autrefois l'eût pensé. Je suis si heureux d'être attablé avec toi, comme au bon vieux temps.

— Justement autrefois je ne te l'ai jamais dit, je rêvais de partir en Mongolie à la recherche de Gengis Khan, en écoutant le concerto du nouveau monde. Eh bien, j'ai réalisé ce projet !

— Tu as rencontré Gengis Khan, lui dis-je moqueur ?

— Non vieux, mieux que lui ! J'ai traversé les Monts Khangaï, découvert le lac Khövsgöl, un des plus vieux du monde. Son âge remonte à plusieurs millions d'années.

— Tu as survécu, toi que l'on croyait falot et peureux ?

— Ben oui ! je t'épate, je commence à peine mon histoire, t'inquiète je vais te la faire courte.

À cette époque j'étais riche d'espoir et friqué. Naïf et crédule, ayant peu vécu hors de l'ombre de nos parents. Arrivé à Oulan-Bator je me suis laissé séduire par une femme ayant ce charme indéfinissable qui nous fascine, nous les européens. Belle à damner un saint et comme je ne suis ni saint ni ange je me suis damné par la fascination qu'elle m'inspirait. Si seulement tu avais vu le diamant incrusté dans son nombril. Passons, délivrons-nous du passé... Arrête de me regarder avec l'air estomaqué ! C'est un fait, jour après jour, mois après mois je suis devenu son esclave. Jusqu'au jour où, pour avoir droit d'approcher sa couche, j'ai dormi par terre après lui avoir léché les pieds. Pas assez soumis à ses caprices, j'ai couché devant sa porte attaché avec un collier de chien. J'ai attendu des heures qu'elle me lance un regard ou un coup de fouet. J'étais l'ombre de moi même, nourri de temps en temps par ses sbires. Jusqu'au jour où un moine influant obtint ma délivrance. Affaibli et nu, je l'ai suivi avec reconnaissance. Ce fut mon salut. Squelettique et l'esprit en friche, il me fallut survivre dans le silence en chevauchant derrière lui. À son passage les gens accouraient et priaient. La générosité des uns et des autres se manifestait par des dons. Dans son ombre, les fidèles me permettaient de retrouver un semblant de dignité. De yourte en yourte, à travers les steppes de la Mongolie, j'ai vécu à ses côtés. Il m'a enseigné l'écriture et comment déchiffrer les différents dialectes mongols. Au bout de ces quelques années, nous sommes parvenus au monastère de Gandantegchinilin, pour toi Gandan. La vie y était simple et frugale. L'étude de vieux grimoires à scanner fut un secours constructif pour moi. Avec le soutien des moines, j'ai entrepris des recherches sur les ethnies mongoles et les fouilles archéologiques.

— Toi, tu as résisté à toutes ces vicissitudes et privations ? Toi, une sorte de savant ? Je suis sous le choc. Qui aurait cru à ta résistance et à ton goût de l'aventure ? Je suis bouleversé par ton histoire. Je t'admire, moi qui n'ai pas dépassé Saint Jacques de Compostelle !

— T'inquiète. C'est le parcours de ma destinée pour avoir accès à la connaissance. En réalité, ma vie aujourd'hui est plus simple. Des chercheurs américains et français ont pris le relais de mes travaux.

— Vraiment ? Je me sens un nain à tes côtés. Tel tu m'as connu, tel je suis resté, un petit « bourge » pas même bobo !

— Ne t'en fais pas Joseph, c'est une philosophie, tout bouge à chaque instant. Tu es certainement heureux ?

— Oui, oui. On peut dire ça comme ça. J'ai gagné tellement d'argent que je m'ennuie à mourir, avec ma famille. À toi je peux l'avouer, j'ai renoncé à mes rêves de jeunesse. Dans mon foyer, nous sommes des étrangers les uns aux autres. Je ne les comprends pas. Ils n'ont qu'à prendre dans la caisse pour passer leurs caprices. Auguste, je suis si heureux de t'avoir retrouvé. Buvons à nos retrouvailles. Si nous passions des moments ensemble ?

— Écoute Joseph, laisse tomber tes rendez-vous et viens avec moi.

— Heu, tu crois que je peux me le permettre ?

— Oui, ta priorité est de suivre ton frère.

— Pour aller où ?

Méfiant :

— Je ne sais même pas ce que tu fais.

— Finissons de déjeuner et suis moi. J'ai rendez-vous avec Yann Arthus Bertrand, c'est un ami, et nous avons beaucoup travaillé ensemble sur l'un de ses derniers films.

Longuement je regarde mon frère, il a l'air si détaché de tout. Je me sens englué dans une vie futile et friquée qui a perdu ses valeurs. Il se tient debout devant moi, souriant, généreux, beau comme notre père. Prêt à m'ouvrir les bras.Un sentiment noir m'envahit, la rancœur.

— Alors tu te lèves et tu viens ? C'est l'heure.

— Non, Auguste, vas-y tout seul, je regrette. Je reste ici pour prendre mon café. Debout devant moi, il me regarde longuement, il va me dire quelque chose. Se reprend, me tourne le dos, va régler l'addition, puis se dirige vers la porte tourniquet, s'y engage et, sans avoir exprimé le moindre mot disparaît de la place de l'Odéon.

Longtemps je suis resté à ma table avec un verre de whisky à la main.Qu'avais-je raté dans mon existence ? Notre cercle de famille avait toujours eu la dent dure envers Auguste. Nous nous sommes trompés et moi le premier.

Pourquoi ai-je dérivé dans le canoë de la médiocrité et lui, le moins brillant, s'est-il révélé un phénix ? Quelle injustice !

18 PROFILEUSE DE TALENT[9]

Voilà déjà un an que Sophie Delcourt avait été nommée à Paris. Devant sa réussite dans des affaires difficiles, complexes et internationales, son ministère lui avait proposé de rejoindre la police. Pour cela, capitaine de gendarmerie, elle avait suivi une formation pour devenir commissaire de police. Sa promotion avait éveillé des jalousies coriaces. Quelques bâtons lancés dans ses jambes pour pourrir son quotidien : blocages de communications, rétentions de dossiers, sexisme. Elle en avait vu d'autres à l'école de gendarmerie. Elle était restée indifférente aux vacheries et sourde aux quolibets qui circulaient sur elle. Face à son stoïcisme, les mentalités avaient évolué avec le temps.

---

[9] Extrait de « Meurtre d'un lunetier à Paris », de la même auteure, disponible sur Amazon. Sophie Delcourt s'est aussi illustrée en tant que capitaine Delcourt dans « Binious Assassinés », de la même auteure, éditions NICOPLANET

L'accession des femmes aux postes considérés autrefois comme « masculins » était difficile à digérer pour certains. Ces mentalités de machos, loin de la déstabiliser, lui donnaient la réussite modeste. Son pouvoir d'écoute était important. Elle adorait son boulot. Son équipe, au départ, se demandait à quoi servait une commissaire férue de psychologie. Puis au cours des mois, ils avaient adhéré à sa façon d'analyser les scènes de crimes. Ils avaient appris à partir en chasse d'indices invisibles. Le moindre fait recueilli par les uns et les autres comptait. Dans ces moments de grande intensité, il leur arrivait de vivre 24 heures et plus sans se quitter, partageant nuit et jour leur quotidien. Tous se connaissaient, s'appréciaient, restaient soudés et solidaires. La commissaire Delcourt avait gagné sa place auprès d'eux.

Sophie Delcourt était une jeune femme dynamique, directe, aimant le dialogue et la camaraderie. La commissaire tenait en haute estime sa hiérarchie et ses collaborateurs. Dès son arrivée, elle avait fait preuve d'une main de fer. Ici, on travaillait et on ne flemmardait pas. Cela avait surpris, et dérangé les vieilles habitudes. Il fallait obéir aux ordres. La kabbale contre elle avait fini par stopper et désormais toute son équipe la respectait. Avec elle, « boulot boulot » sans relâche pour faire honneur au service ; ce qui n'excluait pas, pour clôturer une enquête difficile, de faire sauter le bouchon d'une bouteille de bon champagne.

À son arrivée au quai des Orfèvres, Sophie Delcourt avait appris que sa demande d'experts spécialistes d'Internet et de la cybercriminalité avait été créditée par le ministère de l'Intérieur. À Paris, au centre de la ville, l'ordre devait être efficace et discret. En plus de l'état d'alerte contre les attentats, les objectifs étaient de lutter contre les mafias concentrées autour des grands magasins et dans le métro, mais aussi contre les violences de rues et la criminalité, qui avaient progressé.

Son projet accepté, Sophie Delcourt avait débattu avec ses collaborateurs, leur proposant de suivre des formations. Plus performants, aguerris aux dernières technologies, ils seraient plus libres pour leurs investigations sur le terrain. Ils avaient unanimement accepté. Le reste était une question de *timing*.

Ses bureaux étaient situés sur l'île de la Cité, près de Notre-Dame de Paris. Sophie Delcourt n'hésitait pas à aller s'asseoir dans la cathédrale quand elle avait besoin de solitude. Les odeurs d'encens et de bougies, les concerts d'orgues l'apaisaient et l'aidaient à réfléchir, à analyser des crimes sordides. Lors de ces instants, elle oubliait les cadavres en décomposition, corps abandonnés dans des caves, vers grouillants affamés...Durant son parcours scolaire en Bretagne, elle avait fait partie de la maîtrise de musique sacrée de son lycée. C'est pourquoi, ici, dans cet édifice où la paix et le temps paraissaient suspendus, elle se sentait un peu chez elle et cela l'aidait à aiguiser sa réflexion. Mieux ici qu'ailleurs, elle démantelait par analogie les chemins empruntés par les assassins, braqueurs, voleurs. Cette méthode spirituelle de concentration lui avait permis de résoudre des énigmes peu banales, malodorantes. « *Abusus non tollit usum* »[10].

Sophie Delcourt, dans ses enquêtes, allait à l'encontre de la logique de son équipe. Elle portait sur la scène du crime une vision différente de celle de ses collègues.

En premier lieu, comme un artiste, elle prenait le pouls de l'endroit, de l'environnement, du domicile. Elle regardait les lectures de la victime, ouvrait les placards, les tiroirs, les vêtements, les poubelles, examinait les CD de musique ou les

---

[10]   L'abus n'exclut pas l'usage.

DVD. Elle s'efforçait d'approcher au plus près la personnalité et le monde de la victime, pour encercler le criminel. Qui est-il ? Derrière quoi se cache-t-il ? Quelle est son histoire ? Comment en est-il arrivé à tuer ? Ce qui passionnait Sophie Delcourt était de voir l'invisible, d'en tirer le fil d'Ariane pour descendre dans les méandres de l'esprit d'un homme à la dérive en l'anéantissant. Par expérience, elle savait que l'ego des grands criminels n'avait pas de limite. Cependant, ils échappaient rarement à cette traque policière qui faisait appel à des moyens colossaux.

Durant une enquête, Sophie Delcourt dormait peu. Les sens exacerbés, elle cherchait, fouinait, farfouillait dans les moindres détails pour se faufiler dans l'esprit du meurtrier, mais également dans celui de la victime. Elle employait la même tactique lors des auditions. L'entourage de la victime était convoqué : les amis, les suspects, les voisins, le travail. Elle était particulièrement concentrée sur le son de la voix, les attitudes. L'oreille aux aguets, elle écoutait attentivement les paroles prononcées, rebondissait sur tel ou tel mot.

Lors d'une audition, la commissaire lançait un mot, une remarque, une déduction, attendant les réactions de celui ou celle qui lui faisait face. Devant son embarras, elle proposait de développer ses paroles. Toujours dans la plus stricte légalité et sous l'œil de la caméra. Elle récupérait alors une mine de renseignements qu'elle étudiait avec son équipe. Le travail collectif était efficace. Une enquête ne pouvait être résolue par une seule personne. Les arguments des constats psychologiques de Sophie Delcourt énervaient parfois ses limiers. Pourtant, ils devaient se plier à l'évidence. Les preuves, les fines analyses, les déductions, les nouvelles pistes à explorer apportaient régulièrement des résultats positifs. Malheureusement, ce n'était pas systématiquement le cas. Parfois survenaient bavures et fiascos. Nobody is perfect !

124

19 PARIS RIVE GAUCHE 39° À L'OMBRE

Midi. La chaleur pèse sur Paris.

Le ciel est d'azur. La lumière du jour brûle les yeux. L'atmosphère plombe l'air, poisseuse, irrespirable. Le parisien et le touriste, surpris par la chaleur, transpirent et errent assoiffés dans les rues, cheveux humides et poisseux, peaux moites, jambes lourdes. Si le parisien s'engouffre dans un café, le touriste, lui, espère vivre de fortes émotions à l'intérieur des sites historiques ou mythiques proposés en un clic sur l'écran tactile de son portable, guidé par une plate-forme numérique.

En circulant dans la ville il pourrait y superposer ses connaissances littéraires, romans de Victor Hugo, Zola, Flaubert ou de plus contemporains. En leur compagnie, il construirait « sa » France...

Le marcheur inspiré se promène dans Paris à la recherche du temps perdu. Rêveur, le nez en l'air, il risque sa vie au bord d'un trottoir, d'une piste cyclable, d'une patinette indisciplinée. Rester attentif à ces dangers quotidiens c'est être parisien ! La faute d'inattention peut avoir un coût.

Qu'importent les écorchures et les bosses. Ces rues n'ont pas le bitume différent du macadam de ma ville. J'exhiberai mes plaies comme des trophées à mes amis restés au pays, souvenirs d'ambulances et de visites des hôpitaux français lors de mon périple européen.

Au bout de plusieurs heures de marche, ma longue déambulation à travers la capitale me conduit dans le VIIe arrondissement cossu des ambassades et des ministères. Les rues exhalent le parfum goudronné aristo chic du quartier de Sèvres. Surpris, j'y découvre des immeubles haussmanniens avec leurs élégantes boutiques. Ici règne l'attrait du bien-vivre à la française, le charme discret d'une bourgeoisie décomplexée.

Je me souviens que, dans ce faubourg agréable, a été créé le magasin de luxe décrit par Émile Zola au 19e siècle, « Au bonheur des dames ». Ce souvenir me renvoie à l'enseigne « Au Bon Marché », annonciatrice des douces folies des frous-frous féminins. Heureux, excité par ces évocations de falbalas et french cancan, j'étudie avec attention la célèbre façade : le cartouche tentateur a disparu.

Comment puis-je être aussi sot ! Avec le temps, rien n'est plus comme autrefois. Quelle déception ! La trame de mes rêves se détisse. Cependant, cette réalité m'ouvre les yeux sur des perspectives contemporaines. Fier de ma prise de conscience, je vais jouer le passe-muraille, découvrir l'intérieur de ces façades aux vitrines tentatrices...

À l'angle des rues de Sèvres et du Bac, une entrée attire mon attention par ses grandes portes vitrées brillantes.

Autant étancher ma soif de chercheur scientifique. Pourquoi ne pas satisfaire cette curiosité génératrice de tant de contentements ? Si j'ai choisi Paris, n'est-ce pas pour vivre des sensations exaltantes, déroutantes, déstabilisantes ?

Traverser la rue, pénétrer dans ces lieux inconnus m'excite. Renifler l'espace. Plonger de la chaleur du pavé dans l'atmosphère réfrigérée d'un lieu inexploré sera une ouverture pour mon éducation.

Un, deux, trois, je suis dans la place. Médusé, stupéfié, le souffle coupé par ce luxe étalé sous mes yeux. Je transpire puis grelotte. Que d'émotions ! Doucement me calmer, lentement retrouver mes esprits, puis goulûment respirer l'air frais qui m'enveloppe.

Des effluves de parfums capiteux, poivrés, sensuels, sucrés, fleuris, très voluptueux, m'enflamment le cerveau jusqu'à l'ivresse de l'extase. Les subtiles émanations musquées, fleuries, sucrées déferlent sur moi en vagues successives sensuelles. Leurs embruns odorants imprègnent mes neurones, s'insèrent dans mon corps amolli. Des fragrances envoûtantes, délicieuses, dérèglent cœur et sens qui s'affolent. Ma tête tourne. Je m'éveille d'une longue nuit sans émotions érotiques.

Étaient-ce ça les plaisirs de la chair voluptueux, raffinés, pour riches bourgeois ?

Autour de lui, ces élégants décors « *so french* » le déstabilisent, l'intimident. Était-il entré dans le monde du shopping des ors et paillettes par effraction ? Il découvre les noms de marques de luxes prestigieuses. Qui pouvait acquérir ces trésors, riches Chinois, Japonais, start-up internationales ? Milliardaires et riches venaient à Paris confirmer leur puissance. Dans ces lieux prestigieux, s'appeler Paul-Antoine, Marc-Aurèle ou Pierre-Louis était en soi une référence.

Différence de classe obligeait. Trahi par ses jambes, il se croyait ridicule. Humilié plus que jamais par son prénom de valet de chambre qui lui revenait en boomerang.

Avec rage, il pense à sa mère. Cette dernière l'avait affublé d'un prénom de baptême détesté : Firmin. Elle avait aimé la France...

Entouré de miroirs, il se découvrait. C'était bien lui, cet homme aux cheveux noirs frisés, embroussaillés. Bien lui, avec sa figure chiffonnée cachée derrière ses Ray Ban aux verres jaunes. Dans cet endroit élégant, il détonne ; se sent amoindri par sa dégaine vestimentaire négligée. Qui ici en le rencontrant connaissait son intelligence et sa notoriété ? Une fois de plus, il constate sa petite taille, son petit ventre rond dissimulé sous les pans d'une chemise rayée jaune en coton froissé. Ses jambes courtes enveloppées dans son pantacourt en lin rouge délavé. Ses grosses baskets, certes confortables, n'allègent pas son look. Les sandwiches avalés sur les paillasses de ses laboratoires l'arrondissent. Son alimentation capricieuse avait fait des ravages sur sa silhouette.

Devant ces miroirs, il se rassurait : mieux valait être un riche grassouillet dodu que maigre à la triste figure. Mieux valait être pauvre chez les riches que riche chez des pauvres. Tout était affaire de position sociale. Il ne fallait jamais être désarçonné !

Ces précieux conseils de sa grand-mère lui permettaient de retrouver son tonus, le confortaient dans son incognito et sa dégaine. Si l'argent n'avait pas d'odeur, ici régnait la bourgeoisie opulente, puissante, qui étalait : le Chic, le Choc, le Chèque, les trois C du savoir-vivre. Comme disaient les Français, il avait « sa botte de Nevers ».

Émergeant de ses réflexions, il perçoit les tintements des verres, de la vaisselle entrechoquée. Ces bruits de « bouche » le surprennent dans cet endroit élégant. D'où viennent-ils ? Du dôme transparent qui chapeaute les grands magasins. Sa curiosité l'incite à déambuler à travers les allées serpentant entre les rayons. Devant lui un escalator, il s'y engage. Plus il s'élève, plus son appétit s'aiguise.

Que peut-on déguster dans un endroit si raffiné et sophistiqué ? murmure-t-il entre ses dents. Il se sent gêné. Une belle femme, snobe, aux idées courtes, lui avait tenu des propos dérangeants :

— Ouvrir la bouche et manger devant des inconnus qui vous épient est indécent. Il faut se méfier. Les regards sans pitié vous laissent l'impression de vous scruter jusqu'à vos parties les plus intimes. Cette remarque l'avait sidéré. Depuis qu'il invitait à déjeuner des amies et collègues dans un bistrot, il ne pouvait s'empêcher de les observer. Rares étaient les personnes qui fermaient la bouche en mangeant, savaient tenir une fourchette et un couteau ou manger une glace sans tirer une langue de lézard. Qu'allait-il découvrir ici ? Ne plus penser et tenter une gourmandise.

Un plaisir solitaire, pense-t-il en souriant.

Arrivé à destination du paradis sucré, il découvre un décor de bonbonnière. Il avance droit devant lui, se sentant observé par des femmes élégantes et esseulées, aux yeux brillants, concupiscents. Ces regards aguichants le déshabillent effrontément. Il se sent à poil, lui si pudique, qui n'a jamais fréquenté le camp de naturistes de Baker Beach à San Francisco. Ici, pour abriter son sexe des agressions féminines fantasmées, s'il y avait urgence pour le cacher, il n'y avait qu'un feuillage en plastique.

Il n'a rien d'un Hercule, mais sa modeste personne est flattée par l'impudence de cet accueil. Son visage soucieux s'illumine sous ces hommages intéressés, flatteurs et inattendus. *Ah ! Les petites femmes de Paris, elles sont bien gourmandes.*

D'un regard circulaire sur le salon de thé, il choisit la table centrale, mirador stratégique d'observation. Avant de s'asseoir, il salue l'entourage, prend la chaise cannée devant lui. De sa voix de stentor à l'accent prononcé, il interpelle la serveuse :

— Mademoiselle, servez-moi une pêche Melba dégoulinante de crème chantilly et un chocolat.

En attendant de déguster son caprice gourmand, il analyse son entourage.

Compte autour de lui : dix femmes entre quarante et soixante-quinze ans, sinon plus.

Devant elles, des assiettes garnies de gâteaux, du thé et du chocolat. Certaines papotent entre elles. Une femme pleure dans l'ombre.

Après quelques minutes passées à saliver, il sent fondre la glace sous sa langue. Il consomme ces minutes, indifférent à leurs appels et à leurs lèvres carminées et carnassières, disséqué sous le microscope de leurs regards incendiaires :

Non, mes belles dames, vous ne me mangerez pas, se rassure-t-il entre deux cuillerées gourmandes.

De leur côté, les femmes observent ce « mâle » venu s'échouer devant elles, tel un cachalot sur la plage de leur tranquillité. Surprises dans leurs désirs inavoués et face aux douceurs consolatrices des pâtisseries :

(La 1re) — Que vient-il chercher, ce mâle bedonnant, anti-sexy ? Avec le mouvement *#balance ton porc*, la séduction devient dangereuse pour nous toutes. Question d'âge et de maturité, pourquoi réveiller le passé ?

(La 2e, lisant un polar) — Beaucoup d'hommes tentent de pêcher la « sardine » en des lieux chics et argentés. Pas mal… Je devrais ouvrir l'œil. Si par hasard…

(La 3e) — Moi, la cougar parfumée, j'espère un frisson coquin malgré la chaleur !

(Une 4°) — En cœur romantique, voilà mon prince charmant, cette folie réveillerait ma passion pour la vie. Pourquoi ne pas tenter l'aventure avec ce bonhomme défraîchi ? Je peux certainement l'habiller et le faire évoluer.

Toutes espèrent sans espérer. Être choisie publiquement déclencherait chez elles des jalousies inavouables. Des affronts silencieux, des haines sous-jacentes. Pour continuer à fréquenter ce salon de thé, leurs réputations devaient rester vierges de toutes intrusions masculines. Sous la verrière à l'air climatisé, les maquillages et les illusions fondent, laissant apparaître sous les masques fardés des visages livides face à l'inaccessible. En l'observant « l'air de rien », toutes souhaitent découvrir les yeux cachés derrière ces horribles lunettes. Secrètement, chacune d'elle espère croiser son regard pour être « l'élue d'un instant »… Rien. Elles le regardent déguster sa glace, gourmand comme un matou, les yeux mi-clos sur le plaisir voluptueux qui fond dans sa bouche.

Une heure plus tard.

Repu, amusé, il est aux anges. Il avait été dévoré des yeux par ses partenaires de sucre, illusions éphémères. Son ego est comblé. Après ces douces constatations, il décide de quitter ce cocon soyeux aux vibrations érotiques. Cependant, une voix intérieure l'interpelle : celle de la mélancolie. Être à Paris sans femme le laisse dans une pesante solitude. Ce voyage, n'avait-il pas souhaité le vivre seul, libre de toute attache ? Découvrir la France était son rêve le plus secret. Il l'avait attendu si longtemps…

Sorti de cet endroit frais, la chaleur le suffoque. Le goût du sucre attise soudain sa soif. Pour se protéger du soleil qui le fait fondre, il longe l'ombre des rues désertées puis débouche sur le boulevard Saint-Germain et se précipite sous les arbres pour trouver un semblant de fraîcheur. Descendant vers la Chambre des Députés pour rejoindre les bateaux-mouches il est surpris. Le suit-on ? Illusion ? Les pas se rapprochent. L'ombre d'une femme le dépasse. S'arrête, se retourne vers lui :

— Je vous ai observé tout à l'heure sous la rotonde de verre. Vous êtes étranger, seul à Paris ? Je vous accompagne, dit-elle fermement pour ne pas le laisser réfléchir.

Firmin, surpris par l'audace de cette personne, la déshabille des yeux. Il saisit le regard bleu acier, provocateur, planté dans le sien. Sa timidité lui dicte de ne pas opposer de refus à cette grande femme élégante, élancée, sûre d'elle. Il est impressionné par la silhouette longiligne, la tenue raffinée (pantalon en soie fluide bleue, veste blanche, bijoutée comme un arbre de Noël en plein été).

— C'est-à-dire que je souhaite embarquer sur un bateau-mouche pour découvrir les rives de la Seine, lui répond-il avec un fort accent texan.

— Ne vous inquiétez pas, je suis libre. Je vous rendrai Paris inoubliable, lui lance-t-elle avec un air de défi, en éclatant de rire, découvrant ses petites dents cruelles de poisson-chat.

Face à l'expression médusée de sa prise masculine, elle lui déclare :

— Appelez-moi Cerise. Venez, ne perdons pas de temps. Rapide, elle attrape son otage par le bras et l'entraîne vers les quais.

Les sucreries parisiennes me réussissent, pense-t-il, j'ai tiré le gros lot. La Cerise sur le gâteau, c'est elle.

Il se met à espérer une aventure musclée. Vogue la péniche sur le cours de la Seine, la galère n'était pas pour lui. Si elle le croyait mou du cerveau, elle allait le découvrir.

À suivre…

20 LE DESTIN DE MADAME ARQUILLA

Tous les matins madame Arquilla, enfouie dans son lit à baldaquins arabo-andalou se souvient avec émotion du temps où elle et son mari Mohamed travaillaient dans la vallée d'Ing'oum pour cultiver les légumes. De jour en jour ils revenaient des champs plus épuisés et plus pauvres. Un soir, alors que le vent soufflait dans la vallée, il avait convaincu son épouse de quitter la montagne pour la plaine. Dans leur nouvelle vie, ces paysans montagnards très vite avaient été confrontés à d'autres pratiques que celles de la campagne. La rouerie, le mensonge, la mauvaise foi, la cupidité étaient loin des traditions orales de leur vallée. Deux naïfs berbères courageux et travailleurs qui s'étaient résignés, humiliés, aux usages de la ville. Ils avaient accepté de ne se voir que deux fois par semaine pour conserver leurs emplois. Lui, manœuvre dans une usine, elle, cuisinière chez des étrangers. Elle y avait été accueillie comme un membre de la famille, aimée et respectée. Durant toutes ces longues années, Arquilla était devenue la confidente des enfants qu'elle avait vu grandir. Le soir, quand le chagrin était dans le cœur de l'un d'eux, elle l'attendait dans sa chambre pour recueillir ses confidences, le consolait avec des mots de tendresse...

Par ses talents de cuisinière qu'elle avait affinés, la table de ses employeurs était recherchée et courue. Après les dîners elle recevait des compliments des invités et hôtes de la maison. À leurs côtés, Arquilla avait appris à dresser une table et à la fleurir sur de belles nappes brodées. Elle avait fait son éducation sur les modalités de réception des grandes familles.

Sans enfant, elle s'était beaucoup attachée aux jeunes de la maison et à leurs amis. Pour leur faire plaisir, elle leur organisait des goûters sucreries et jus de fruits en les faisant danser aux sons des darboukas ; ils adoraient. Les années avaient défilé plus dans la joie que dans la tristesse. Ses jours de repos elle retrouvait son Mohamed dans leur petit appartement au Derb Jhalef : pour eux la fête de l'amour.

L'été des cinquante degrés à l'ombre dans les villes côtières avait apporté son lot de douleurs, entre l'hécatombe de morts et une catastrophe due à une explosion. Le quartier des Roches Noires avait été ravagé. L'explosion d'une usine de produits chimiques avait rasé les bâtiments et leur personnel. Mohamed avec d'autres camarades avait été déchiqueté. La terrible nouvelle, rapportée le soir à Arquilla l'avait frappée au cœur. Elle criait, hurlait, pleurait, se lamentait. Son entourage ne savait quoi entreprendre pour la soulager...

Une procédure avait été engagée, l'entreprise et les assurances avaient été condamnées à verser de fortes indemnités aux veuves et aux orphelins. Bien conseillée par son futur ex-employeur et sa femme, après son deuil Arquilla avait acquis un riad du XVII siècle, dans la médina El Attarine située près de la mosquée d'El Quarawiyyin à Fès.

Avec des amis architectes de son patron elle l'avait fait restaurer. Elle en éprouvait une certaine fierté vis-à-vis de sa famille du bled. C'était sa vengeance secrète pour effacer les souvenirs de leur méchanceté.

Tous les matins, à peine sortie de son sommeil et pour attirer la chance, madame Arquilla tâte le côté vide de son matelas, rituel immuable pour rendre hommage à son Mohamed. Invariablement, de ses grands yeux noirs coulent des larmes de regrets. Ce cérémonial accompli, elle quitte son lit.

Après ses ablutions, elle traverse lentement sa chambre. Arrivée devant le grand miroir, la vision de sa lourde silhouette la désole. Seul lui convient son nouveau foulard chatoyant qui encadre son beau visage aux traits négroïdes.

— Je ne devrais pas manger autant de sucre, pense-t-elle. Comment être fine bouche sans goûter les plats que je cuisine ? Mon péché du matin n'est-il pas de déguster gâteaux au miel, crêpes dégoulinantes de beurre et boire mon verre de thé à la menthe ? Pourquoi écouter le docteur qui pèse au moins cent kilos ?

Sauvegarder sa souplesse est sa règle de vie. Chaque matin, elle monte sur ses terrasses pour respirer l'air de son quartier et admirer Fès. Ensuite elle dresse son oreille à l'ouïe fine, attentive aux quolibets de ses voisines et réplique avec un humour moqueur.

— Arquilla, aujourd'hui tu vas pouvoir faire ta pintade prétentieuse avec tes invités ! Arquilla, on dit que tu reçois du monde, que vas-tu leur cuisiner ?

Arquilla, tu vas les honorer en les engraissant comme toi !

— Vous êtes curieuses comme des fouines et tordues comme des vers, leur répond-elle provocatrice, en riant. Les parfums de mes casseroles et de mes plats se faufileront dans vos cuisines et rendront vos maris jaloux. Déçus par vos tajines, ils fuiront votre lit. Elle éclate d'un rire joyeux en voyant les têtes de ses camarades de toits.

— Je suis pressée, ne faites pas vos mauvaises figures, faites comme moi, changez de foulards. Vous êtes sur les terrasses au lieu de travailler. Vous êtes des paresseuses. *Elle a atteint son but du matin, elles sont furieuses.*

— Slama (au revoir).

Descendue dans sa cuisine, madame Arquilla exige, houspille, ordonne en criant après son personnel :

— Avant mon retour du marché sortez les ustensiles de cuisine, sans oublier les grands plats en terre, l'écumoire, les cuillères en bois. Lavez-les. N'oubliez pas de mettre la boîte de gros sel et le moulin à poivre à portée de main.

— Aïcha, épluche un kilo d'oignons en fines lamelles, coupe des citrons confits en quatre.

— Toi, Zohra, pile dix grammes de gingembre, dix grammes de Cannelle, deux gousses d'ail, pèse cinquante grammes de beurre. Puis cent grammes de sucre en poudre, deux cents cinquante grammes d'amandes que tu grilles. Deux cents cinquante grammes de raisins secs que tu laves comme les olives vertes et essuies. Pense à sortir les bouteilles d'huiles pour que je puisse décider si j'emploie l' huile d'olive ou celle d'arachide. Cette recette est longue à préparer et à cuire. Tout doit être prêt pour mon retour.

N'oubliez pas d'allumer le brasero, les braises doivent être brûlantes pour poser le plat rond en terre cuite. Ce tajine cuit en douceur durant deux heures. Surtout ne vous endormez pas sur votre travail pendant mon absence.

Madame Arquilla a l'allure d'une reine des sables. Elle compte sur son charme, son esprit et sa table pour séduire ses amis et renouveler leur confiance.

Ces consignes données, elle attrape son couffin, file au marché de Bab Bou Jeloud. Ali, son porteur de paniers l'attend à côté du marchand de brochettes.

— Bonjour Ali, viens me rejoindre chez Saïd le boucher.

Arrivée auprès de ce dernier :

— Bonjour madame Arquilla, une langue de serpent a sifflé dans mon oreille que vous receviez des personnalités. Quelle viande voulez-vous que je vous serve pour leur faire honneur ?

— Saïd, mon frère, donne-moi deux kilos de viande coupée en morceaux, de ton mouton Sardi, moitié côtelettes et épaules bien placées. Tu sais que je ne regarde pas au prix. Mais je veux la qualité ! Je me sauve, je dois me dépêcher.

Marchant aussi vite que son poids le lui permet, Madame Arquilla s'envole vers ses outils culinaires. Rentrée, elle ceint sur ses caftans bariolés un grand tablier. Dans sa cuisine, elle officie en silence pour écouter les chants de ses casseroles. Concentrée sur son travail, elle attrape un grand plat en terre et le pose sur le feu. Une fois très chaud, elle y jette de l'huile d'olive dans laquelle grésillent en chantant gingembre, safran, sucre, sel, poivre. Madame Arquilla, les narines dilatées par les cinq parfums de ses épices touille la pâte qui prend forme. Petit à petit, avec la douceur d'un chat elle rajoute un quart de litre d'eau. S'échappent du plat des volutes de senteurs orientales envoûtantes. Les effluves d'épices et d'huile d'olive se répandent dans les ruelles, lèchent les murs de torchis en embaumant riads et quartier comme une femme galante. Madame Arquilla goûte avec gourmandise son émulsion. Après avoir fait claquer plusieurs fois la pâte dans son palais, satisfaite de sa saveur et de sa consistance, elle roule chaque morceau de viande dans la préparation pour le saisir et le dorer. Puis recouvre d'eau l'ensemble aux trois quarts pour préserver le moelleux et la générosité du mets. D'un geste large, elle ajoute coriandre et oignon hachés. La viande cuite à point, elle la retire avec son écumoire. Les sucs réduisent jusqu'à obtenir une sauce épaisse et grasse. Elle s'affaire au-dessus de ses feux pour faire revenir des oignons avec les raisins secs. Une odeur de sucre l'étourdit. Une demi-heure à bon feu est encore nécessaire pour obtenir une purée filante. Ce plat sera délicieux se dit-elle avec sensualité et gourmandise.

Pour le tour de main de la cuisinière, madame Arquilla ajoute le jus de viande, qu'elle laisse une demi-heure à bon feu.

Après avoir constaté que la viande était à point, elle la remet dans le grand plat brûlant qu'elle nappe de purée d'oignons truffés de raisins. Puis saupoudre de sucre roux et de cannelle. Le raffinement de ce plat la ravit. Ses mains sur ses hanches plantureuses, elle contemple avec fierté son chef-d'œuvre culinaire, l'une de ses spécialités, le tajine « Quemana ».

— Aïcha, Zhora, mettez le plat à four très chaud pour le caraméliser d'une croûte dorée. Vous le servirez après avoir desservi le couscous. Mettez la grande table dans le salon vert. Sur elle dressez la nappe ronde aux points de Fès rouges, dix assiettes creuses à bordure d'or et leurs couverts.

En quittant sa cuisine sa voix chaude leur recommande en criant :

— N'oubliez pas les samovars parfumés à la fleur d'oranger. L'eau de Fès purifiera les mains, la bouche et l'esprit de mes amis avant qu'ils ne me quittent.

Madame Arquilla depuis des années s'impose des rites qui sont les secrets de sa fortune. Elle aime conter des histoires quand elle reçoit. Elle y gagne ses couronnes de laurier mais aussi de la fatigue. Elle a hâte de se retrouver seule dans son salon, ce soir. Elle s'imagine alanguie sur un sofa, la tête soutenue par deux coussins. Déjà elle savoure le moment où, pour distraire son esprit, elle attrapera le livre écrit par son ami Alain Mabankou. : « Mémoires d'un porc-épic ». Elle avait éclaté de rire en découvrant le titre du bouquin. Lui aussi sait raconter des histoires africaines, avait-elle pensé, flattée d'être reconnue par un homme de plume.

Aujourd'hui la dernière réception avant l'été avait été une véritable réussite en compagnie de ses amis chanteurs, écrivains, professeurs, tous agréables. L'ultime invité retiré, Madame Arquilla va enfin se reposer. Vêtue d'un caftan rouge brodé d'or et d'argent, couverte de ses bijoux, elle se déplace aux cliquetis de ses bracelets. Ces parures sont les symboles de sa réussite, pense-t-elle. Mohamed est certainement fier de moi s'il me voit... Tout l'or du monde ne le remplacera jamais, murmure-t-elle entre ses lèvres charnues.

Fatiguée mais heureuse, elle traverse la cour du riad d'un pas lourd et royal vers le salon dont elle est si fière. N'a-t-elle pas gagné sa *respectabilité* par son travail et ses légendes ancestrales de la montagne, se félicite-t-elle en s'allongeant. Épuisée par sa journée et les émotions, elle souhaite se détendre et claque fort dans ses mains. Le personnel accourt.

— Allez chercher l'huile d'Argan pour masser mes mains, mes jambes et mes pieds que j'ai enflés ce soir. N'oubliez pas que demain nous partons au bord de la mer, à Bouznika...

143

À PROPOS DE L'AUTEURE

Rafaele di Conti a vécu sa jeunesse dans une famille aisée, installée en Afrique du Nord à la fin du dix-neuvième siècle, à « Dar Baïda », « Casablanca la blanche », cité portuaire ouverte sur l'Europe et l'Afrique, protégée par les vestiges de ses vieux remparts et canons abandonnés par les Portugais.

Elle a joué dans les jardins aux fleurs délicates, respiré les parfums subtils des jasmins, des citronniers et des orangers sous un ciel éternellement bleu. Les nuits d'été, elle observe les étoiles et les vers luisants en respirant les effluves entêtantes des galants de nuits, fleurs insidieuses dont les graines de datura ingérées peuvent assassiner. Petite elle assimile la violence méprisante, derrière les apparences bienveillantes de la riche bourgeoisie, les mots blessants, l'humiliation.

« Mame » sa grand-mère, à la toison d'or et aux yeux azur, lui enseigne la générosité, le sens du beau, l'harmonie des couleurs et lui révèle les secrets de l'alphabet. Sous son œil bienveillant elle prend la plume et la garde.

Rafaele, curieuse, observatrice, développe son imaginaire à travers ses lectures et en écoutant les histoires de Lala Conchita, des Pouilles italiennes de son vieil oncle ami des abeilles.

Son sens de l'observation se développe en étudiant les mimiques des visages. En décodant les expressions elle voit ce qui doit rester caché ; ce qui lui ferme définitivement l'espoir de pouvoir être la « chouchoutte » à l'école, dans son entourage et dans la société. Reléguée dans l'ombre, rien ne se perd et tout se reconstruit, ce terreau nourrira les mises en scène des exploits des personnages de ses romans...

Entrée aux Arts Appliqués à Casablanca, elle est attirée par la beauté archéologique des anciennes civilisations Hittites des sables de la Haute Égypte. Elle y apprend l'art du feu, des émaux, et y trouvera son inspiration pour la création de masques en céramique. L'œuvre magistrale de Gaudi, sa folie éblouissante d'architecte lui font entrevoir la dimension cachée de l'imaginaire créatif. La vie d' artiste est un cycle entre mort et résurrection.

Après avoir traversé de nombreux drames familiaux, exsangue et sans un sou en poche elle s'installe à Paris. Pour survivre elle se lance dans de multiples boulots alimentaires qui la confrontent au déclassement social, à l'âpreté de l'existence, à la cruauté du nanti envers ceux qui ne le sont pas.

Optimiste invétérée, dans cette période de disette matérielle elle poursuit son chemin. Sa personnalité lui offre la chance de rencontrer de belles personnes qui lui ouvrent les portes du savoir.

Vint ensuite le temps de l'écriture.

Son sens de l'observation et son intuition lui font porter un regard aigu et spirituel, grinçant, sans concessions, sur le monde et la société contemporaine.

Son esprit aventurier, atypique, se déploie à travers ses écrits, mettant à jour son goût du suspens, des coups de théâtre, de l'intrigue psychologique.

Curieuse, passionnée, elle vogue vers un univers romanesque, jouant avec les prismes de l'ombre et de la lumière.

Rafaele di Conti est une romancière qui s'amuse avec ses personnages dans des nouvelles et des thrillers psychologiques au suspens raffiné, cruel et barbare, lutte sans merci entre la naïveté, la générosité, le drame.

Pour approfondir ses connaissances Rafaele Di Conti suit les Ateliers d'écriture du Figaro Littéraire.

« Écrire demande de la persévérance, de supporter la solitude pour vivre avec les personnages qui vous habitent, mais aussi beaucoup de créativité ».

Ses écrits ont été publiés sous forme numérique (différentes plateformes) et sous format livre papier (chez Amazon/ Createspace):

1. « ***Binious assassinés*** » : thriller féminin dont l'intrigue se déroule dans une petite ville du Golfe du Morbihan en Bretagne, Éditions Nicoplanet.

2. « ***Petites nouvelles craquantes à déguster*** » : histoires insolites, étonnantes, parfois sanglantes, Éditions Nicoplanet.

3.« ***Meurtre d'un Lunetier à Paris*** », thriller féminin raffiné, dont l'intrigue se situe rue de Rivoli dans le magasin d'un célèbre lunetier ; édition à compte d'auteur sur Amazon.

Si ce livre vous a plu,

je vous invite à publier un commentaire sur le site Amazon, c'est très important pour le lancement du livre !

Votre avis est précieux et pourra inspirer de futurs lecteurs ou lectrices, je compte sur vous !

Pour être informé(e) des prochaines parutions vous pouvez écrire par mèl à :

Rafaele.diconti@gmail.com

ou consulter le site de l'auteure :

https://rafaelediconti.wixsite.com/index

ou consulter Facebook :

https://www.facebook.com/Rafaele-di-Conti

Rafaele Di Conti

Contributeurs :

-Aubin de Traversay, graphisme

-Nicolas de Traversay, correction et édition

www.ingramcontent.com/pod-product-compliance
Lightning Source LLC
Chambersburg PA
CBHW021406150726
47989CB00005B/2420